Über Sylvia Schwanz

Ist es nicht ein Traum für jede Frau und jeden Mann seine sexuellen Fantasien auszuleben? Für mich ist Sex ein wichtiger Bestandteil meines Lebens. Es vergeht kein Tag an dem ich nicht an erotische Abenteuer denke.

Ich bin eine versaute MILF die ihr Sexleben so lange wie möglich intensiv ausleben möchte. Ich bin Jahrgang 1968 und habe schon viel erlebt, bin aber noch lange nicht der Meinung, daß es genug ist.

Um meinen Sexleben einen ständigen Kick zu geben probiere ich gerne Neues aus. Seit Jahren gehöre ich der Swingerszene an und habe dort die geilsten Sachen erlebt. Auch lerne ich dort ständig interessante Frauen und Männer gehen.

Ich bin keine professionelle Schreiberin. Viele von Ihnen erzählen mir ihre Geschichten die ich gerne an Euch weitergebe. Meine Geschichten sind überwiegend real geschehen. Erlebt von mir oder Menschen die ich persönlich kennengelernt habe.

Inhaltsverzeichnis

Bei Vollmond	Seite	3
Mein erster Dreier	Seite	11
Sex auf dem Campingplatz Seine Version	Seite	16
Sex auf dem Campingplatz Ihre Version	Seite	22
Die behaarte Pussy	Seite	27
Sex mit den Stiefschwestern	Seite	33
Sex for free	Seite	41
Hilfe, ich brauche mal wieder Sex	Seite	51
Geil und geschieden	Seite	60
Endlich in den Po	Seite	69
Der FKK Urlaub	Seite	76
Nimm mich hart ran	Seite	82
Verheiratet und unbefriedigt	Seite	89
Der Hochzeitstag	Seite	98
Die Feministin und der Macho	Seite	105
Dominiert	Seite	110
Der fremde Mann im Hotel	Seite	123
Davids Mutter	Seite	132
Die Taxifahrt	Seite	140
Besuch von einem Unbekannten	Seite	147

Bei Vollmond

Wenn man Jung ist macht man die tollsten Sachen ohne groß darüber nachzudenken. Besonders dann, wenn auch ein wenig Alkohol im Spiel ist. Wir waren auf dem örtlichen Dorffest mit ein paar Freunden unterwegs. Unsere Clique besteht eigentlich nur aus Jungs. Die einzige Frau ist meine Freundin Lisa.

Lisa ist grade 19 geworden und ein echt heißer Feger. Als wir uns vor gut einem halben Jahr kennengelernt haben, hatte ich mich sofort in ihre roten Naturhaare und die strahlenden grünen Augen verliebt. Sie gehört zu den Frauen die eine außergewöhnliche sexuelle Ausstrahlung haben. Dazu tragen ihre vollen Lippen und die großen Brüste natürlich auch ihren Teil bei.

Vielleicht klingt das ganze jetzt wie Schwärmerei. Aber Lisa hat auch den süßesten Knackarsch den man sich vorstellen kann. Unabhängig davon, daß sie eine echte Augenweide ist, hat sie auch eine unbeschwerte Art, die sie einfach unwiderstehlich macht.

Wir waren also auf dem Fest und haben dort gut gefeiert. Ein paar Bierchen und ein paar Kurze. Der Abend war einfach super. Insgesamt waren wir eine Truppe von 8 Mann inklusive Lisa. Als das Fest um 1.00 Uhr nachts schloss mussten wir alle mit dem Fahrrad in die gleiche Richtung fahren. Es war eine herrlich warme Nacht und der Vollmond strahlte hell.

Auf halben Weg kamen wir am örtlichen Schwimmbad vorbei. Ich musste schrecklich pinkeln und hielt an einer dunklen Ecke des Zauns an. Es war sehr befreiend. Während ich da stand hörte ich plötzlich Lisa sagen: „Ich habe Lust zu baden. Wer kommt mit?" Mit diesen Worten kletterte sie bereits über den Zaun und rannte in Richtung des Beckens.

Die Jungs und ich schauten uns für einen Augenblick an und ich nickte nur leicht. Schon sprangen wir alle über den Zaun und folgten Lisa. Zu meiner großen Überraschung zog sich meine Freundin Stück für Stück aus. Zuerst schlüpfte sie aus den Sandalen. Ihr T-Shirt warf sie achtlos auf den Boden. Dann rief sie: „Thomas, kannst du mir mal den BH öffnen?" Er war mein bester Freund und stand genau neben Lisa. Der grinste auf einmal über beide Ohren.

Wie ein Gentleman half er Lisa aus dem BH. Mit einer schnellen Bewegung legte sie den Rock ab und zog dabei gleich den Slip mit nach unten. Dank dem Vollmond konnte jeder ihre sexy Kurven sehen. Einer nach dem anderen zog sich ebenfalls aus. Lisa blickte neugierig umher. Dabei fiel mir auf, daß sie auch alle Pimmel genauer betrachtete. Anstatt Eifersucht zu empfinden, stieg ein gewisser Stolz in mir auf. Alle Augen waren auf Lisa gerichtet. Sie genoß es ganz offensichtlich im Mittelpunkt zu stehen.

Lisa schaute mir direkt in die Augen: „Schatz ich bin geil und würde wirklich gerne mal im Schwimmbecken ficken, einfach schwerelos sein und von dir aufgebockt werden." Bei den Worten schwoll mir der Penis an. Sie griff mir mit der Hand an meinen Penis und zog die Vorhaut zurück. Ich konnte nur erwidern: „Nur zu gerne." Ich setzte mich auf den Beckenrand. Lisa kam zu mir. Sie kniete sich neben mich und ihr Mund kam langsam näher. Zärtlich nahm sie meinen Harten in den Mund und fing an mir einen zu blasen. Dabei reckte sie ihren prallen Arsch nach oben, so dass die anderen einen genauen Blick auf ihre Muschi hatten. Völlig ungeniert verwöhnte sie meinen Penis vor den neugierigen Blicken meiner Freunde.

Dabei lutschte sie meinen Riemen und zog mir die Vorhaut ganz langsam vor und zurück. Ich war einfach nur geil und erste Lusttropfen kamen hoch. Sie leckte den süßen Vorsaft einfach ab. In der Zwischenzeit hatte sich eine leichte Traube um uns herum gebildet. Alle wollten uns zuschauen. Lisa hatte sichtlich ihren Spaß daran. Immer wieder schweifte ihr Blick in die Runde. Ich hatte das Gefühl das sie der Männerüberschuss noch geiler machte, als sie sonst schon war.

Vereinzelt hatten meine Kumpels schon selbst einen Harten und spielten sich beim Zuschauen selbst am Penis. Lisa blickte mir irgendwann sehnsüchtig in die Augen. Ich verstand auf Anhieb ihren Wunsch. Ohne Worte nickte ich ihr leicht zu. Sie küsste mich leidenschaftlich auf den Mund. Im nächsten Moment griff sie mit beiden Händen nach den nächstbesten Schwänzen.

Sie fing an beide zu wichsen und beugte sich dann mal nach rechts und links und lutschte an beiden. Das motivierte die anderen ein weiteres Stückchen näher zu kommen. Lisa war plötzlich umringt von meinen Freunden. Alle hielten ihr ihren bereits steifen Penis hin. Ohne wählerisch zu sein bedachte sie jeden mit der gleichen Leidenschaft wie zuvor meinen Penis.

Zu meiner großen Überraschung machte mich das bunte Treiben nur noch geiler. Lisa wurde nun von allen Seiten befummelt. Manche griffen ihr an die Titten oder saugten an ihren Brustwarzen. Andere fingerten sie in die Muschi. Ich konnte das schmatzende Geräusch vernehmen, dass dabei entstand. Lisa stand klar im Mittelpunkt des Geschehens. Wie eine süchtige wechselte sie beim Wichsen und Blasen von Penis zu Penis. Dabei Stöhnte sie wie eine läufige Hündin.

Einer meiner Freunde fingerte sie grade von hinten und stimulierte ihr dabei den G-Punkte. Lisas Keuchen wurde immer stärker. Je lauter sie dabei wurde umso schneller wurde sie verwöhnt. Völlig unerwartet spritzte es ihr aus der Möse. Es war ein richtiger Strahl, so, also würde sie pinkeln. Bis dato wusste ich nicht, dass sie das konnte. Ich fand das total geil. Danach schimmerte ihr rasierte Möse im Vollmond. Der Anblick war einfach der Hammer.

Einer meiner Kumpels drückte Lisas Oberkörper nach vorne. Sie kniete nun auf allen Vieren. Er drang von hinten in sie ein. Die anderen verteilten sich um sie herum. Nun wurde sie vor meinen Augen das erste Mal fremdgefickt. Sie keuchte wieder. „Besorge es der kleinen Schlampe", hörte ich mich heißer sagen. Während Lisa den fremden Penis in sich hatte bediente sie weiter die restlichen. Immer wieder lutschte und wichste sie einen anderen Pimmel.

Das ganze dauerte nicht besonders lange. Dann zog mein Kumpel seinen Penis aus ihrem Loch und spritzte ihr seinen Saft auf den Rücken. Kaum das er auf ihr gekommen war, kniete der nächste hinter ihr und schob Lisa seinen Prügel ins Loch. Sein Becken klatschte immer wieder gegen ihre Hüften und erzeugte so das typische Fickgeräusch. Begleitet wurde das durch das Stöhnen und Keuchen meiner Freundin. Auch er zog seinen Riemen nach einigen Stößen aus ihrem Loch heraus und verteilte sein Sperma ebenfalls auf ihrem Rücken. Nach der zweiten Besamung hatte sich dort schon ein kleiner See gebildet.

Lisa war bereits total verschwitzt. Aber sie wollte alle Schwänze haben. Das merkte ich ihr an. Mit ihren Händen packte sie an ihren Arsch und zog die Backen auseinander. Es war ziemlich deutlich, dass sie in ihren Arsch gefickt werden wollte. Thomas, mein bester Freund, kniete sich hinter sie und presste seinen steifen Penis an ihr Poloch. „Du möchtest dich doch bestimmt um meine Möse kümmern, oder?", meinte sie an einen anderen gewandt. Dieser legte sich unter Lisa und sie stieg auf seinen Penis. Thomas hatte sich inzwischen der neuen Situation angepasst und kniete wieder fickbereit hinter ihr.

Sein Penis lag zwischen ihren Pobacken. Zuerst drang mein Kumpel unter ihr in die Muschi ein. Als er seinen Kolben in ihr versenkt hatte, legte Thomas nach. Es war gar nicht so einfach in dieser Stellung zu ficken, doch es gelang ihnen irgendwie.

Die beiden Jungs fingen mehr oder weniger synchron an zu stoßen. Lisa quittierte das mit lautem Stöhnen und brachte kurze, schrille Schreie hervor. „Ihr zwei fickt mich so gut", keuchte sie. Kaum hatte sie das ausgesprochen steckte erneut ein Penis in ihrem Mund. „Es gibt für eine Frau wohl kaum etwas geileres als gleichzeitig von drei Männern begehrt zu werden", dachte ich still.

Doch die drei Jungs hielten nicht annähernd so lange durch wie sie es gerne getan hätten. Das war eigentlich auch unmöglich, wenn man im Körper dieses geilen Mädchens steckte. Thomas kam als erstes zu seinem Höhepunkt und spritzte seine Samen dabei tief in Lisas geilen Popo, was diese wahnsinnig laut aufschrien ließ. Die Fremdbesamung löste auch in ihr einen wahren Gefühlstaumel aus und auch sie kam nun zu ihrem Orgasmus. Das wiederum machte meinen anderen Freund so geil, dass auch er mit einem lauten Aufstöhnen kam und in Lisas Muschi spritzte.

In diesem Moment bekam sie auch eine Ladung Sperma in den Mund. Dicke Tropfen klebten an ihrem Mund. Immer noch außer Atmen wischte sie mit dem Finger die Ficksahne zusammen und leckte sich die Finger danach sauber. Doch die Mühe hätte sie sich sparen können. Den wenige Sekunden später bekam sie von rechts und links Sperma ins Gesicht.

Die zwei Jungs verteilten ihren Saft großzügig auf ihr und trafen sie quasi überall. Lisa hatte danach Sperma in den Augen, auf der Nase und in den

Haaren. Die waren sowieso total zerzaust. Das Sperma darin rundete das Bild perfekt ab.

Jetzt waren mittlerweile alle in oder auf meiner Freundin gekommen außer mir. Mein Penis war steinhart. Meine Freunde machten mir Platz. Lisa kniete vor mir und präsentierte mir ihre frisch gefickten Löcher. Aus beiden sickerte Sperma hinaus. Doch das störte mich in keinster Weise. Zuerst steckte ich ihr meinen Penis in die Möse und fickte sie ein paar Mal hart durch. Dann wechselte ich in ihr Poloch und versenkte ihr dort meinen Riemen bis zum Anschlag.

Lisa begann erneut zu Keuchen und ich fickte sich mit aller Kraft durch. Als ich sie ein weiteres Mal in die Rosette stieß kam sie zum zweiten Mal zum Orgasmus. Und während sie ihren Höhepunkt erlebte kam ich in ihrem Arsch. Ich pumpte ihr jeden meiner Tropfen hinein und hörte erst auf als mein Sperma wieder aus ihrem Loch quoll.

Erschöpft ließ Lisa sich in Gras fallen und ich zog meinen Penis aus ihrem Loch. Nur langsam schloss sich ihr Anus wieder. Der Anblick war so geil, dass ich sie am liebsten nochmal gefickt hätte. Aber sie hatte fürs erste genug. Aber nachdem man mit acht Männern Sex hatte, durfte man sich auch mal eine Pause gönnen.

Mein erster Dreier mit einem fremden Mann

Männer und Frauen sind angeblich nicht gleich. Und schon gar nicht beim Sex. Allerdings haben mein Mann und ich da eine andere Meinung dazu. Männer und Frauen müssen nur offen über ihre sexuelle Fantasien reden.

Mein Mann und ich nutzen manchmal unsere Liebesschaukel im Schlafzimmer für scharfe Sexspiele. Er fragte mich, ob wir am Wochenende mal wieder eine geile Session hinlegen sollten. Da kam mir eine Idee und ich fragte ihn ganz spontan: „Wir wäre es den mal mit einem Dreier? Ich hätte gerne mal einen zweiten Mann dabei". Ich war sehr auf seine Reaktion gespannt. Wir hatten uns noch nie über sowas unterhalten. Aber ich sah in seinem Blick, dass er die Idee auch gut fand. „Ich hatte darüber auch schon ein paar Mal nachgedacht. Natürlich wäre mir eine zweite Frau lieber... Aber wir können ja beides mal ausprobieren", sagte er grinsend zu mir. Ich willigte bei einer anderen Frau auch ein. Noch nie hatte ich eine andere Muschi angefasst oder gar geleckt. Der Gedanke reizte mich auch. Aber zunächst stand der zweite Mann auf dem Programm. Wir wussten erst nicht woher wir einen zweiten Mann neben sollten. Einen Freund oder Bekannten wollten wir nicht dazu nehmen. Also musste es ein Fremder sein. Leider hatten wir keine Ahnung woher man einen geilen Typen bekommt. Als stöberten wir ein wenig im Internet und fanden dort eine interessante Seite mit vielen Sexkontakten. Wir meldeten uns an und gaben eine eigene Kontaktanzeige auf.

„Junges Paar, Anfang 30 sucht für Erstversuch einen geilen Mann. Du solltest zwischen 20 – 45 Jahre jung sein und einen geilen SpritzPenis haben. Bevorzugt werden Männer die viel Sperma mehrfach spritzen können. Du sollest gesund sein, da wir ohne Gummi ficken wollen. Fühlst du dich angesprochen schicke uns eine geile Mail mit Gesichts- und Penisbild"

Zu unserer großen Freude meldeten sich viele potentielle Ficker. Wir suchten uns einen aus, beschlossen aber die anderen warm zu halten, für den Fall das wir Blut an der Sache lecken sollten. Letzten Freitag war es dann soweit. Unser Sexkontakt war pünktlich um 18.00 Uhr da. Als es an der Türe klingelte setzt mein Herz einen Sprung aus. So aufgeregt war ich. Ich lag bereits auf meiner Liebesschaukel. Das hatten wir im Vorfeld so besprochen. Mit meinen Beinen lag ich in den Schlaufen. So hatte man einen geilen Blick auf meine rasierte Pussy. Unser Besuch und mein Mann gingen gemeinsam in das Wohnzimmer. Ich konnte hören wie sie sich leise unterhielten. Also lag ich völig nackt auf meine Liebesschaukel und wartete völlig gespannt auf die Männer. In meinem Kopf ging schon voll die Post ab.

Dann ging die Türe auf. Beide Männer kamen nackt in unser Schlafzimmer gelaufen. Der Fremde begrüßte mich mit einem freundlichen Hallo und ging dann sofort zwischen meinen Beinen in die Knie. Schon spürte ich seine Zunge an meinem Kitzler. Er lies nichts anbrennen. Seine Zunge bohrte sich tief in meine nasse Grotte. Mein Mann stand daneben und genoss sichtlich die Show. Sein Penis schwoll zu einem gewaltigen Rohr an. Damit kam er zu meinem Kopf gelaufen und schob mir seinen Pimmel einfach in den Mund. Mit seinen Händen hob er meinen Kopf fest und fickte mich in den Mund. Der andere saugte derweil an meinem Kitzler. Er war sehr geschickt beim lecken. Bei mir flossen die Säfte nur so in Strömen. Der Fremde leckte mich schnell und kompromisslos zu meinem ersten Orgasmus. Als ich kam vergrub er seine Zunge ganz tief in mir. Das war sehr geil. Ich hatte Mühe dabei den Penis von meinem Mann im Mund zu behalten.

Als mein Höhepunkt verebbt war stellte sich unser Besuch auch auf Kopfhöhe. Jetzt hatte ich also rechts und links einen Penis. Mit Genuss nahm ich den neuen Pimmel in meinem Mund auf. Seine Eichel war groß. Ich schmeckte den salzigen Geschmack von Sperma in meinem Mund. Es war einfach geil. Abwechselnd leckte ich an den geilen Schwänzen. Beide gehörten nur mir. Das gefiel mir sehr. Der Gedanke machte mich sehr geil.

Nach einem ausgiebigen Blowjob gingen die Männer an das Ende der Schaukel. Als erster stand der Fremde vor meinem Loch. Er spreizte meine Schamlippen auseinander und steckte mir dann seinen Luststab in die Möse. Er trieb seine dicke Eichel immer weiter in mein enges Loch. Mit schnellen Bewegungen bumste er mich in den siebten Himmel. Mein Mann stand daneben und wichste mir dabei den Kitzler. Mit der doppelten Stimulation kam der zweite Orgasmus quasi von alleine angerast und erwischte mich voll. Danach zog er seinen Pimmel raus und mein Mann bumste mich durch. So leidenschaftlich hatte er mich schon lange nicht mehr gefickt. Sein Penis fühlte sich auch grösser und härter als sonst an.

An seiner Atmung spürte ich wie sein Orgasmus kurz davor stand. Er fickte mich immer noch mit Vollgas. Auf einmal stoppte er und zog seinen Penis fast ganz aus mir raus. Nur seine Eichel steckte noch in meiner Pussy. Er wichste sich selbst den Pimmel. Dann spürte ich wie sein warmer Samen in meine Pussy spritzte. Mit einem lauten Schmatzgeräusch zog er seinen Pimmel aus meiner SpermaPussy. Dann war unser Besuch wieder an der Reihe. Er steckte mir seinen dicken Pimmel in die Pussy und bumste mich weiter. Sein dickes Ding flutschte mit atemberaubender Geschwindigkeit rein und raus.

Nach einigen Stößen zog auch er seinen Penis fast komplett aus mir. Auch seine Eichel steckt noch in mir. Er bewegte sich leicht vor und zurück. Dann spürte ich auch das Fremdsperma in meiner Pussy. Die doppelte Menge Sperma in meiner Möse fühlte sich total geil an. So abgefüllt bin ich noch worden. Er zog seinen Pimmel raus und ging wieder auf die Knie. Mit seiner Zunge leckte er mir das Sperma aus meinem triefenden Loch. War ein geiles Gefühl.

Wir fickten noch weitere Male miteinander. Am Ende konnte ich meine Orgasmen nicht mehr zählen und die Männer haben auch oft abgespritzt. Alle waren wir rundum befriedigt. Am nächsten Morgen unterhielt ich mich mit meinem Mann über den Abend. Wir fanden ihn beide extrem geil und wollten das unbedingt wiederholen. Das kommt also dabei raus, wenn sich Männer und Frauen offen miteinander unterhalten.

Sex auf dem Campingplatz – Seine Version

Über Pfingsten war ich mit zwei Kumpels in Spanien auf dem Campingplatz „La Torre del Sol". Wir hatten vierzehn Tage Strandurlaub geplant und wollten so viele Muschis wie möglich flachlegen. Doch schon nach drei Tagen war klar das hier nur sehr junge Girls waren oder alte Damen. Beide passten nicht so recht in unser Beuteschema.

Doch Fortuna meinte es gut mit uns. Denn samstags kam ein junges Paar aus Holland mit ihrem Camper an. Schon während sie ihren Camper platzierten und das Vorzelt aufbauten sah ich die heiße „Alte". Sie war geschätzte Ende zwanzig, war blond und hatte eine super Figur. Wir hatten unser Zelt gegenüber und so konnte ich sie heimlich beobachten. Zu meiner großen Freude hatte sie beim aufbauen tatsächlich nur eine Hotpants und BH an. Das ist der große Vorteil wenn es im Freien vormittags schon 29 Grad hat. Sie war ein echter Augenschmaus. Dummerweise war ihr Typ so ein tätowierter Bodybuilder Typ.

Trotzdem lies ich es mir nicht nehmen sie zu beobachten. Ihr Knackarsch wackelte sexy in der engen Hose und ihre Titten hüpften verführerisch auf und ab. Die Szene war so voller Erotik, daß ich ziemlich schnell eine Beule in der Hose hatte.

Ich vergaß das ich quasi wie auf dem Präsentierteller lag und jeder, vor allem auch die Blonde, meinen geschwollen Penis sehen konnte. Das passiert halt wenn das gesamte Blut im Penis ist...

Glücklicherweise bemerkte der Kraftprotz nichts davon. Er war die ganze Zeit damit beschäftig irgendwelche Sachen durch die Gegend zu tragen oder Stangen in den Boden zu klopfen. Dabei kippte er ein Bier nach dem anderen. Und so kam es, wie es kommen musste. Er ging zur Toilette. Kaum das er außer Sichtweite war, schaute seine Freundin zu mir rüber und grinste mich an. Dann rief sie auf Holländisch zur mir: „Geile Aussicht". Mir war sofort klar was sie damit meinte. Sie stand etwa drei Meter von mir entfernt. Ich konnte sehen wie die Konturen ihrer Hotpants die Form ihrer Muschi wiedergaben. Das machte mich nochmal ein Stück geiler. Als ob sie meine Gedanken lesen konnte zog sie ihre Hose zurecht. Allerdings tat sie das so ungeschickt das ein Stück ihrer rasierten Pussy für einen kleinen Augenblick zu sehen war. Doch ich hätte schwören können, dass sie das absichtlich getan hatte.

Doch bevor ich den Gedanken zu Ende gedacht hatte, kam ihr Typ wieder zurück. Er war geschätzte zehn Minuten fort. Das lag wohl zum einen an der Menge die er wohl pissen musste, als auch an der Entfernung der Toiletten. Das war gut zu wissen. Denn wer so viel trinkt muss bestimmt ein weiteres Mal zum WC. Der Aufbau ging weiter. Taschen, Körbe und anderes Campingzubehör wurden hineingetragen. Doch ich hatte das Gefühl das es ihr Spaß machte, mich mit ihren Bewegungen zu reizen. Eine gefühlte Ewigkeit später sah ich, wie ihr Kraftprotz wieder in Richtung Toiletten abmarschierte. Wie ferngesteuert stand ich auf und lief zu der heißen Blondine. Sie stand mit dem Rücken zu mir und wischte grade den Tisch ab. Ich kann bis heute nicht erklären, woher ich den Mut nahm, aber plötzlich stand ich direkt hinter ihr. Ich ging auf die Knie und zog ihr die Pants runter. Ich sah noch kurz ihren überraschten Blick, bevor meine Zunge ohne zu zögern in Ihre Votze eintauchte. Ich leckte ihre kahle Möse und schmeckte das salzige Aroma einer erregten Muschi.

Sie versuchte mich wegzudrücken, doch es war nur ein halbherziger Versuch. Sie keuchte was Ähnliches wie „Mein Freund, wenn der uns sieht". Doch mir war das völlig egal. Meine Zunge fand ihren Weg zurück in ihr geiles Loch, auch ihrem Poloch schenkte ich meine Aufmerksamkeit. In dem Augenblick wo ich sie dort mit der Zungenspitze liebkoste wurde ihr Keuchen schlagartig tiefer. Ich bohrte ihr meine Zunge tiefer in die Rosette und fickte sie so gut ich konnte. Mit meinen Händen zog ich ihre Arschbacken weit auseinander und genoss den

Anblick ihrer nassen Löcher. Ihr Kitzler schimmerte vor Geilheit während ich sie immer noch mit der Zunge in den Arsch fickte. Dann ging ich dazu über sie auch an der Klitoris zusätzlich zu verwöhnen. Immer wilder kreiste sie ihr Becken im Takt meiner Zungenfickbewegungen mit. Ihr Stöhnen wurde schneller, tiefer, intensiver. Und dann kam es ihr heftig. Sie spritze mir ihren Mösensaft über meine Hand. Sowas hatte ich bis dato noch nie erlebt.

Kaum war ihr Höhepunkt abgeklungen ging sie vor mir auf die Knie und zerrte meine Hose nach unten. Mein steifer Penis schnalzte ihr entgegen. Sofort nahm sie meinen Pimmel in den Mund und fing an ihn gierig zu blasen. Dabei nahm sie ihn so tief in den Rachen, daß nur noch meine Eier außerhalb ihres Mundes waren. Sie gurgelte und wurgste dabei. Mit den Händen drückte ich ihren Hinterkopf fester ran und schob ihr meinen Penis so tief ich konnte hinein. Die Situation war so geil, daß ich am liebsten direkt in ihren Mund gespritzt hätte. Aber ich wollte sie ja auch noch bumsen und die Zeit lief uns davon.

Ich zog sie nach oben und drehte sie so, daß sie mit dem Oberkörper über dem Tisch lag. Bereitwillig lag ihr Arsch vor mir. Ihre Möse schimmerte vor Lust und dirigierte meinen Pimmel zwischen ihre Schamlippen. Mühelos glitt mein „bester Freund" tief in sie hinein. Mit gierigen und kraftvollen Bewegung fing ich an. Wieder war ihr erregtes Keuchen deutlich zu hören. Das spornte mich zu Höchstleistung an. Wie ein wilder Stier bumste ich mein Lustobjekt durch. Sie half mir, indem sie wieder ihren Lustknopf wichste. Schon nach wenigen Momenten kam es ihr erneut. Laut schmatzend zog ich meinen Fickbolzen auf ihrer Liebesgrotte und steckte in ihr unerwartet ins Poloch. Dadurch das er mit ihrem Mösensaft schon feucht war, glitt er auch geschmeidig ins Poloch. Die Rosette war herrlich eng und warm.

Ich genoss den Analsex. Mit den Händen griff ich in ihre Harre und zog fest daran. Sie ging mit dem Kopf nach hinten und ich fickte sie wie eine läufige Hündin in den Po. Immer wieder schob ich meinen dicken Penis hinein und zog in wieder raus. Immer bis zum Rand meiner Eichel. Es war der Fick meines Lebens. Das war der letzte Gedanke bevor es mir kam. Mein Pimmel steckte immer noch in ihrem Po als ich abspritzte. Schwall für Schwall pumpte ich ihr meinen Samen in den Hintereingang. Dann zog ich meinen Pimmel aus ihrem Poloch und im gleichen Atemzug tropften dicke Tropfen Sperma aus ihrem Hintereingang. Was für ein Anblick.

In dem Augenblick, wo sie ihre Pants nach oben zog, kam auch ihr Typ zurück. Ich tat so, als stellte ich grade etwas ab. Er schaute mich zwar irritiert an, sagte aber sonst nichts. Ich nickte ihm zu und drehte mich dann zu ihr rum. Sie dankte mir für die Hilfe und dann verschwand ich zurück auf meine Liege. Befriedigt schlummerte ich ein und fickte sie im Traum ein zweites Mal.

Sex auf dem Campingplatz – Ihre Version

Über Pfingsten verbrachte ich vierzehn Tage in Spanien auf dem Campingplatz „La Torre del Sol" mit meinem Mann. Wir waren frisch verheiratet und dies waren die ersten Ferien die wir zu zweit verbrachten. Einen schönen romantischen Urlaub mit unserem neuem Camper.

Wir sind die ganze Nacht durchgefahren und kamen gegen Samstagmittag an. Im Camper konnte ich nachts etwas schlafen während mein Mann durchgefahren ist. Ich wäre lieber auf einen Rastplatz gefahren um dort die Nacht zu verbringen und meine Geilheit zu befriedigen. Doch mein Mann wollte so schnell wie möglich ankommen und somit war ich super rallig und sehr unbefriedigt. Während der gesamten Fahrt hatte ich nur Sex im Kopf. In meiner Fantasie spielten sich die heißesten Sachen ab.

Als wir unser Vorzelt aufbauten bemerkte ich den sexy Typ von gegenüber. Er lag da lässig auf seinem Liegestuhl und gaffte mich an. Da es schon vormittags so warm war, trug ich nur meine enge Hotpants und meinen BH vom Bikini. Ich fand es eigentlich sehr frech von ihm mich so offensichtlich anzuglotzen, aber irgendwie auch echt süß. Vor allem da mein Mann noch immer nicht daran dachte mich endlich ordentlich durchzuvögeln. Und so streckte ich ihm mit

Absicht meinen Knackarsch und meine Titten entgegen. Ich bemerkte sofort dass es Wirkung zeigte. Die große Beule in seiner Hose war kaum zu übersehen. Wie gebannt starrte ich immer wieder auf die Stelle.

Zum Glück war mein Mann so sehr mit seinem blöden Vorzelt beschäftigt das er davon nichts mitbekam. Er schleppte nur alles Mögliche durch die Gegend und kippte sein kühles Bier in sich rein. Natürlich dauerte es so nicht lange bis er zur Toilette musste. Ich nutzte die Gelegenheit um diesem frechen Kerl von gegenüber zu zeigen, dass mir seine stramme Hose aufgefallen ist. Ich rief ihm „Geile Aussicht" zu und grinste verschmitzt. Da ich wusste, dass die Hotpants die ich trug, sehr eng saß und man die Konturen meiner Schamlippen gut dadurch erkennen konnte, zupfte ich sehr ungeschickt meine Pants zu Recht und ließ ihn mit Absicht ein Stück meiner erst frisch rasieren Muschi sehen. An seinem Blick erkannte ich, dass er dadurch nur noch geiler geworden ist. Und meine Muschi tropfte nun auch fast vor Geilheit.

Und schon kam mein Mann zurück. Ich tat so als wäre nichts gewesen und half meinem Mann beim weiteren Aufbau. Wir räumten unser Auto weiter aus, machten sauber und stellten die Liegestühle auf. Und ich versuchte weiterhin die ganze Zeit mit meinen Reizen zu spielen. Mir gefiel es sehr das ich einen fremden Zuschauer hatte, dem es sichtlich Gefiel, was er sah. Ich wischte gerade den Tisch ab als mein Mann wieder zur Toilette musste. Und schneller als ich denken konnte stand der Typ hinter mir. Er ging ohne zu zögern oder was zu sagen auf die Knie und zog meine Hotpants runter. Ich war so überrascht dass ich erst gar nicht reagieren konnte. Er tauchte seine Zunge in meine Votze und leckte meine Möse.

Ich versuchte ihn wegzudrücken. Doch eigentlich wollte ich genau das. Er ließ sich nicht abhalten und ihm war es wohl auch völlig egal dass mein Mann uns erwischen könnte. Er leckte meine heiße Möse und ich keuchte nur noch. Als seine Zungenspitze mein Poloch fand, konnte ich nicht mehr anders und stöhne meine Geilheit heraus. Er umfasste meine Pobacken und fickte meine Rosette mit seiner Zunge. Dann begann er noch meinen Kitzler zu reiben und ich war so geil, dass es mir schlagartig kam und ich meinen ganzen Mösensaft über seiner Hand verteilte.

Als mein Höhepunkt abgeklungen ist dachte ich nur noch daran wie geil wohl sein Penis schmeckt. Ich ging vor ihm auf die Knie und zerrte ihm seine Hose runter. Ein beachtlich großer Penis sprang mir entgegen und ich nahm ihn sofort in meinen Mund. Gierig fing ich an zu blasen. Ich nahm ihn so tief auf das nur noch seine Eier zu sehen waren und stellte mit Genuss fest das es ihm so gefiel.

Er drückte mich mit seinen Händen noch fester an sich, sodass sein Penis noch ein Stück mehr in meiner Mundvotze verschwand. Dabei kam ein dicker Tropfen seines geilen Spermas aus seinem harten Prügel. Ich dachte schon er würde in meinem Mund kommen und war schon etwas enttäuscht als er mich nach oben zog.

Er drehte mich so, das ich mit dem Oberkörper über dem Tisch lag. Mein Arsch ragte in die Höhe und meine beiden erregten Löcher lagen bereitwillig vor ihm. Sein Schwengel glitt mühelos zwischen meine Schamlippen und tief in mein nasses Loch. Mit harten Bewegungen fing er an. Ich Keuchte und das spornte ihn noch mehr an. Er bumste mich leidenschaftlich und voller Kraft. Ich wichste meine Lustperle und schon nach wenigen Momenten kam es mir erneut. Schmatzend zog er seinen steifen Riesen aus meiner triefenden Möse und steckte ihn mir ins Poloch. Es kam sehr unerwartet, doch Dank meines Mösensaft glitt er geschmeidig in meine enge ArschPussy.

Ich liebe es, wenn man mich schön hart in mein Poloch fickt. Da komm ich so richtig in Fahrt. Er griff in meine Haare und zog fest daran. Ich konnte nur meinen Kopf nach hinten fallen lassen und er fickte mich wie ein Hengst. Immer wieder schob er seinen dicken Penis rein und raus. Immer so das nur noch seine Eichel in meinem Poloch steckte um dann wieder hart zuzustoßen.

Gerade als ich ihm meinen Po noch ein Stück mehr entgegenstrecke kommt es ihm. Sein Prügel steckt noch in meinem Poloch und er pumpt sein gesamtes Sperma in meinen Hintereingang. Dann zieht er seinen Pimmel aus meinem Poloch und im gleichen Moment tropft sein Liebessaft in dicken Tropfen aus meiner Arschvotze. Was für ein geiles Gefühl.

In dem Moment als ich mich gerade fertig angezogen hatte, kam auch schon mein Mann um die Ecke. Ich dankte dem sexy Typ für seine Hilfe und räumte fertig auf. Am Abend kümmerte sich mein Mann endlich um mich und fickte mich in den siebten Himmel. Meine Gedanken waren allerdings noch immer bei dem frechen Kerl von gegenüber.

Die behaarte Pussy

Ich bin mit den Pornofilmen der 70iger und 80iger Jahren groß geworden. In diesen Filmen hatten die Girls immer behaarte Venushügel. Das finde ich bis heute extrem sexy. Nur schade das sich heute fast jede Frau die Möse rasiert. Um mal wieder eine Frau kennen zu lernen, die unten herum einen Bär hat, habe ich mich auf einer Singleseite angemeldet. Dort habe ich Eva kennengelernt. Sie ist meine absolute Traumfrau. Es fing ganz unschuldig mit einem Chat an. Wir waren uns schnell sympathisch und kamen irgendwann auf das Thema Nr. 1 zu sprechen: SEX. Ich erzählte ihr von meiner Vorliebe für behaarte Mösen. Wenige Augenblicke später bekam ich von ihr eine Mail geschickt.

„Ich hoffe meine Pussy gefällt dir", stand in der Mail. Sie hatte mir ein Ganzkörper von ihr geschickt. Darauf war sie in Strapse zu sehen und wie sie sich gerade einen Dildo in die behaarte Möse schob. Ich war hin und weg und bekam gleich einen Steifen. Wir schrieben noch eine Weile hin und her. Dann schlug sie mir ein Treffen vor. Schon am gleichen Abend stand ich bei ihr in der Wohnung. Sie sah in Natura noch schöner aus als auf den Bildern, die ich von ihr kannte. Sie trug ein enges Netzkleidchen was mehr zeigte wie verbarg. Am unteren Rand ihres Kleides schaute ein leichter Ansatz Schamhaare hinaus.

Sofort erwachte mein Penis zum Leben. Eine deutliche Ausbeulung meiner Hose war zu sehen. Ihr Blick fiel darauf und sie grinste mich frech an. Wir hatten uns per Mail schon so aufgegeilt das wir nicht viele Worte verloren. Ich stellte mich vor sie hin und sie spreizte sofort ihre Beine. Meine Hand wanderte an ihre Möse und ich spürte die zarten Haare ihre Pussy. Sie waren feucht, genau wie ihre Spalte. Sie öffnete instinktiv ihre Beine noch weiter. Mit zwei Fingern erforschte ich ihr Innerstes. Ich küsste sie auf den Mund. Sie umarmte mich dabei leidenschaftlich und schob mir ihre Zunge in den Hals.

Gierig fickte ich sie mit meinen Finger. Sie fing zu stöhnen und griff nach meinem Dödel. Im Nu war meine Hose geöffnet und mein Penis war in voller Pracht zwischen ihren Schenkeln. Ich rieb meine Eichel an ihrem Kitzler. Es war ein Wahnsinns Gefühl. Ihre Schamhaare kitzelten an meinem Penis. Genau so hatte ich es mir vorgestellt. Ich griff ihr an die Pobacken und presste sie fester an mich. Sie fing wieder an mich leidenschaftlich zu küssen. Unsere Zungen vereinten sich zu einem einzigen Kuss.
Sie löste sich aus meiner Umarmung und ging vor mir auf die Knie. Wir schauten uns einen Moment in die Augen und dann nahm sie meinen Penis zwischen ihre Lippen. Ihr Kopf bewegte sich dabei vor und zurück. Immer tiefer nahm sie mein bestes Stück in den Mund. Sie war eine wahre

Meisterin im Blasen. Während sie mich blies massierte sie mir noch die Eier. Ich genoß diesen hocherotischen Augenblick und blickte von oben auf die Szene. Der Anblick dieser blasenden Frau brannte sich für immer in mein Gedächtnis. Die Frau wusste wie man einen Mann glücklich macht.

„Dein Penis schmeckt wirklich köstlich", sagte sie. Mit ihren Händen massierte sie meinen Penis und meinen Sack. Als sie merkte, dass ich kurz vor dem Abspritzen war, drang sie mit einem Finger in mein Poloch ein. Die andere Hand massierte meinen Pimmel weiter. Plötzlich stoppte sie ihre Aktivitäten.

„Lass uns jetzt ficken", flüsterte sie mir zu und nahm meine Hand. Wir gingen gemeinsam zum Sofa. Ohne ein Wort legte sie sich vor mich. Auf dem Rücken lag sie breitbeinig vor mir. Sie spreizte mit den Fingern ihre Pussy. Ihre Möse schimmerte rosa und nass. Über ihrer Möse waren die sexy Locken ihres Schamhaares. Der Anblick war umwerfend. Mir war klar, daß sie das extra für mich tat. Sie wusste ja, daß ich auf behaarte Pussy stand. Die Aussicht war der Hammer. Mein Kopf verschwand zwischen ihren Schenkeln. Ich musste die Möse berühren, sie mit meiner Zunge auslecken, ihren Pussysaft schmecken. Langsam kam ich ihr Näher. Sie schmeckte wie eine Frau schmecken muss. Der Geschmack ihre Pussy war einzigartig. Mit der Zunge stieß ich immer wieder in ihr Loch hinein und massierte ihr dabei mit dem Daumen den Kitzler. Sie presste mir heftig ihr Becken entgegen und kreiste damit. Ihr gefiel es wohl... Und dann kam es ihr urplötzlich. Es war so heftig das ich ihren Pussysaft direkt ins Gesicht bekam. Wahnsinn. Ihre Möse spritzte ab. Noch nie zuvor hatte ich das mit einer Frau erlebt.

Mit einer Hand ertastete ich ihre Möse und drang immer wieder mit dem Zeigefinger in sie ein. Meinen Penis rieb ich an ihrem Arsch. Dann spreizte sie Schenkel weiter und schlang ihre Beine um mich. Ich konnte nun von vorne in ihre Möse eindringen und ich fickte sie. Wir gaben uns dabei einen innigen Zungenkuss. Genußvoll schob ich meinen Penis in ihre nasse Möse. Zentimeter für Zentimeter. Bis nur noch meine Eier außerhalb waren.

Bei meinem Eindringen warf sie ihren Kopf zurück und fing an zu keuchen. „Tiefer... Tiefer... Fick mich so tief du kannst"! Ich kam ihrer Aufforderung gerne nach. Problemlos verschwand mein Riemen in ihrer Spalte. Mit kräftigen Bewegungen fing ich an sie zu bumsen. Ich steh auf Frauen die hart gefickt werden wollen. Ich rammte ihr mit Schwung meinen Penis in die Pussy. Sie griff sich an die Titten und knetete sie. Ihre Nippel ragten erregt nach oben. Sie zwirbelte sich die Burstwarzen. Davon wurde sie noch geiler. Und ich ebenfalls.

Wir wechselten die Stellung. Jetzt kniete sie vor mir. Vor mir ragte ihr Hintern auf. Ihre fickbereite Pussy klaffte vor mir auf. Mein Penis musste nur wieder in sie eindringen. Ich fickte sie im Doggystyle weiter. So konnte ich noch tiefer in sie eindringen. Ihr gefiel das. Das merkte ich an ihrem lauteren Stöhnen. Mit kräftigen Fickbewegungen besorgte ich es meiner Traumfrau. Ich konnte spüren wie ihre Erregung wuchs. Sie steuerte direkt auf ihren Orgasmus zu. Ich fickte sie so gut ich konnte, bis sich ihre Möse plötzlich enger zusammen zog. Ihr Körper fing an zu zittern und dann kam sie lautstark zum Orgasmus.

Ich merkte es zuerst an den Beinen. Das Zittern ergriff dann rasch ihren ganzen Körper. Ihre Atmung wurde schneller. Dann schrie sie ihre Lust heraus. So einen heftigen Höhepunkt hatte ich noch bei einer Frau erlebt. Während sie schrie, fickte ich sie wie ein Stier weiter. Es dauerte einige Momente bis sie sich erholt hatte.

Dann drehte sie sich wieder auf den Rücken. „Möchtest du mir auf die Pussy spritzen?" Darauf war ich schon die ganze Zeit scharf. Sie zog mit ihren Fingern die Schamlippen auseinander und gewährte mir freie Sicht auf ihr Lustzentrum. Ich fing an mich selbst zu wichsen. Den Blick hatte ich fest auf ihre Möse gerichtet. Es war magisch für mich. Nach wenigen Bewegungen kamen schon die ersten Tropfen. Sie fielen in ihr dunkles Schamhaar. Und dann schoss es richtig aus mir hinaus. Ein Megastrahl ergoss sich auf ihr. Mein glänzendes, weißes Sperma bildete einen fantastischen Kontrast auf ihrem Venushügel. Ich höre erst auf zu wichsen, als ich mein ganzes Sperma bei ihr losgeworden war. Sie schaute mir wie gebannt zu und freute sich sichtlich über die große Menge an Ficksahne.

Als nicht mehr kam, massierte sie sich mit der Ficksoße den Venushügel und schleckte sich danach die Finger sauber. Zufrieden sank ich auf ihr zusammen und nahm sie küssend in den Arm. Das war der Auftakt eines echt verfickten abends.

Sex mit den Stiefschwestern

Sabrinas Eltern lebten getrennt. Sie lebte noch bei ihrer Mutter zu Hause. Diese hatten einen neuen Partner gefunden. Ihr Freund zog ebenfalls in das Haus mit ein und brachte seine Tochter mit. Isabell war im gleichen Alter wie Sabrina. Die Mädels sahen sich zum verwechseln Ähnlich. Jemand der nicht wusste, dass nicht verwandt waren, hätte sie für Schwestern gehalten.

Beide Mädchen hatten einen traumhaften Körper mit schönen großen Brüsten und einem wirklich sexy Arsch. Die langen blonden Haare waren ein echte Augenweide. Sabrina und Isabell trieben viel Sport und hielten sich damit in Form.

Vor etwa einem Jahr lernte ich Sabrina in der Disco kennen und wir wurden ein Paar. Mir wurde schnell klar, dass sie die Richtige für mich war. Ich war verliebt in ihre offene Art und liebte ihr hübsches Aussehen. Darüber hinaus kannte sie im Bett nur wenige Tabus. Wir stellen immer neue versaute Sachen an. Wir vögelten im Auto oder trieben es mal nachts an der Bushaltestelle. Sie war einfach für alles offen.

Mit ihrer Stiefschwester verstand ich mich auch blendend. Sie war im Grunde genauso unkompliziert wie Sabrina. Allerdings wusste ich nicht, ob sie beim Thema Sex genauso freizügig war, wie ihre Schwester. Insgeheim wünschte ich mir das. Ich träumte mehr als einmal von einem Dreier mit beiden Mädels.

Langsam kam die kalte Jahreszeit. Sabrina und ich beschlossen einen geilen Abend in ihrem Zimmer zu verbringen. Die Schwestern wohnten noch bei ihren Eltern und diese waren über das Wochenende in die Berge gefahren, um dort zu wandern. Wir freuten uns wie kleine Kinder auf den versauten Abend.

Sabrina hatte sich für den Abend extra neue halterlose Strümpfe gekauft. Ich liebe den Anblick ihrer langen Beine in dem durchsichtigen Stoff. Nach einem schnellen Essen gingen wir nach oben und Sabrina zog sich im Bad ihre sexy Sachen an. Einige Minuten später stand sie perfekt geschminkt im Zimmer. Sie trug ihre schwarzen Nylons und hatte nur noch einen Slip und einen BH an. Bei ihrem Anblick fing mein Penis sofort an zu pochen.

Wir fingen an uns gegenseitig auszuziehen. Ich streichelte und küsste sie am ganzen Körper. Sabrina war schon sehr erregt, was man deutlich an ihren harten steifen Nippeln sehen konnte. Auch mein Penis erhärtete sich und meine Eichel schob sich unter der Vorhaut hervor. In diesem Augenblick kam ihre Schwester ins Zimmer.

Sie schaute uns staunend an. „Uppss", sagte sie, „ich wollte nicht stören". Einen Moment lang herrschte peinliches Schweigen. Dann sagte Sabrina, „Nein Schwesterlein du störst nicht, komm ruhig herein". Ich glaubte mich verhört zu haben. Aber meine Freundin meinte das wirklich ernst.

Sie setzte sich zu uns, ihr Blick war wie gebannt auf mein Fickrohr gerichtet. „Du kannst ihn ruhig anfassen, wenn du möchtest", sagte Sabrina und grinste dabei ihre Schwester an. Natürlich wollte sie. Während Isabell mir die Vorhaut zurück zog und meine Hoden massierte, knöpfte ich ihr die Bluse auf. Sie hatte keinen BH um, den brauchte sie auch nicht, denn ihre Brüste standen von Natur aus wie eine eins. Isabells Brustwarzen gierten danach geleckt zu werden. Ich ließ mich nicht lange bitten und fing an, ihre Titten ordentlich zu bearbeiten. Sie legte sich auf den Rücken und stöhnte genüsslich.

Ich schaute meine Freundin an, ob es ihr recht war, wenn ich weiter machte. Als Antwort kam ein leichtes Nicken. Meine Hand streichelte Isabells Bauch und rutschte unter ihren Rock in ihren Tanga. Wie warm und angenehm es sich doch anfühlte. Sabrina zog ihrer Schwester den Rock und den Slip aus, so lag sie vor uns. Völlig nackt, wunderschön und geil. Niemals hätte ich mir erträumt, dass erleben zu können. Wir streichelten uns nun alle drei abwechselnd und zugleich an den verschiedenen erogenen Zonen. Sabrina uns Isabell lagen nun aufeinander, Brust an Brust, Pfläumchen an Pfläumchen und brachten sich so zum ersten Höhepunkt. Voller Lust beobachtete ich das geile Treiben der Girls.

Die Luft roch nach Schweiß und Körperflüssigkeiten. Ein geileres Parfüm kann es nicht geben, dachte ich. Abwechselnd lutschte ich beide Mösen abwechselnd, während sie mir meine Nippel kräftig zogen. „Darauf steh ich", sagte ich. Sabrina nahm meinen Penis in den Mund und ich fickte ihre MaulPussy bis kurz vor dem Abspritzen. Dabei massierte mir ihre Stiefschwester meine vollen Eier. Egal wie oft ich mir das Szenario schon in Gedanken vorgestellt hatte, die Realität übertraf einfach alles.

Sabrina sagte zu mir, „Fick jetzt Isabell. Ich möchte sehen wie du mit deinem Penis hart rannimmst." Das ließ ich mir nicht zweimal sagen. Ich setzte mich zwischen Isabells Beine und spreizte sie weit auseinander. Da lag sie vor mir, die triefende glatt rasierte Liebeshöhle der Stiefschwester meiner Freundin. Mein Herz pochte so laut, dass ich dachte, alle können es hören. Ich beugte mich über sie. Ich blickte in ihr Gesicht, schob ihre langen blonden Haare beiseite und fragte sie, „Möchtest du es wirklich?" Isabell flehte mich an, „Jaaa bitte bitte fick mich schon".

Ich beugte mich noch weiter über sie und küsste sie auf den Mund. Erst ganz zart und dann voller Leidenschaft. Meine Eichel berührte ihre weichen Schamlippen. Isabell hob ihren Po nach oben, so dass mein Penis in ihre Lustgrotte eindrang. Ein wohliger Schauer überkam uns. Ich hatte Gänsehaut am ganzen Körper. Sabrina saß hinter mir und ihre Hände griffen meinen Po. Sie drückte ihn fest nach unten. Mein Penis drang tief und tiefer in Isabells enge und feuchte Möse ein. Jetzt gab es kein Halten mehr.

Ich fickte sie mit kräftigen Stößen. Heftig, immer heftiger. Der Puls ging immer höher, ihre Atmung wurde immer schneller. Endlich war es soweit. Isabells Hände krallten sich in meinen Rücken. Das spornte mich weiter an und ich zog das Tempo nochmals an. Nach ein paar weiteren Stößen kam es ihr. „Jaaaaaaaaaaaaaa. Oooooooooooooooooooooooja. Geil, geil…… Ooooooooooooh, Danke", sagte sie völlig erschöpft.

„Jetzt bin ich dran", keuchte Sabrina. Sie hatte uns die ganze Zeit zugeschaut und sich dabei selbst den Kitzler gerieben. Ich legte mich auf dem Rücken. Dieses Mal senkte Isabell ihren sexy Prallarsch auf mein Gesicht nieder, bis sie ihre Muschi auf meinem Mund in Position bracht hatte.

Sabrina kletterte auf meinen harten Penis. Sie rieb meine Eichel an ihrem Kitzler und ließ ihn dann langsam tiefer in sich hinein gleiten. Das letzte Stückchen, was noch fehlte kam ich ihr entgegen. Wir waren ganz miteinander vereint und sie fing an mich zu ficken. Dabei suchte ihr Gesicht die Lippen ihrer Stiefschwester. Es wurde eine lange, sehr lange Knutscherei bei der mich der Sabrina weiterhin tief fickte. So tief, dass er bis zum Anschlag in ihr steckte, sie aber meinen Wonneprügel jedes Mal bis zur Eichel herauszog um mich dann wieder ganz tief eindringen zu lassen. Bei jeder Bewegung stöhnte ich vor Wonne.

Ich war im siebten Himmel. Während mich die eine Traumfrau ritt leckte ich der anderen die Möse. Meine Zunge tauchte tief in ihr heißes Löchlein ein. „Bei eurer Fickerei kommt es mir ja bald schon beim zusehen", stöhnte Isabell und Sabrina antwortete, „Wenn es dir kommt, dann spritz dein Pussysaft doch in seinen Mund"! „Bei mir ist es wieder soweit, ich komme gleich" stöhnte sie. Die Worte stachelten mich zu Höchstleistungen an. Ich leckte Isabell so gut und schnell ich konnte. Dann plötzlich konnte ich ihren Liebessaft schmecken. Lustvoll schrie sie erneut ihren Höhepunkt heraus.

Nach ihrem Orgasmus stieg Isabell von meinem Gesicht ab. Sie kniete sich nun hinter Sabrina und massierte ihr beim Reiten die Brüste. „Schluck ihren Saft nicht einfach runter, ich will auch davon naschen". Damit beugte sie sich so weit vor, dass unsere Lippen aufeinander lagen und ihre Zunge sich ihren Anteil aus meinem Mund leckte. Noch während das tat fickte sie mich wie besessen weiter, wobei ich mich schon darauf vorbereiten konnte, dass Sabrina sich auch ihrem Höhepunkt näherte.

Aber damit war sie nicht die Einzige. Auch mir stand das Sperma bereits bis zur Penisspitze. Sabrina bewegte sich noch einige Male auf und ab. Meine heiße Ladung entlud sich in Isabells Lustgrotte. Auch Isabell erlebte einen Orgasmus. Ihr Muttermund zog sich zusammen und sog meinen Penis in sich hinein. Wie elektrisiert bebte ihr Körper. Wir schrien unsere Lust heraus……..''Aaaaaaaaaaaaaaahhhhhhhhhhhhhhhh hhhhhh, ooooooh Gott…..", stöhnten wir fast im Duett.

Wir blieben noch eine ganze Weile so liegen. Sabrina saß noch auf mir. Langsam schrumpfte mein Penis und flutschte schließlich aus ihrer Muschi. Sperma kam herausgetropft und kleckerte mir auf den Bauch. Isabell kam näher und leckte uns das Sperma ab. Dann gab sie ihrer Stiefschwester einen innigen Kuß und sie teilten sich mein Sperma.

Sabrina sank erschöpft auf mir nieder und Isabell kuschelte sich von rechts an uns. So blieben wir eine ganze Zeit lang liegen und streichelten uns gegenseitig. Es dauerte nicht besonders lange bis mein Pimmel wieder wie eine eins stand und wir die zweite Runde einläuteten. Es wurde die Nacht meines Lebens. Der Traum jedes Mannes wurde bei mir war. Unglaublich, unvergessen.

Sex for free

„Was machen wir heute?", hörte ich meine Frau fragen. „Lass dich überraschen. Aber schmink dich etwas und zieh dein enges Netzkleid an", antwortete ich ihr. Mit diesen Worten verschwand ich kurz im Keller. Tags zuvor hatte ich dort für unseren Ausflug etwas vorbereitet. Nichts Besonderes... Aber etwas von dem ich hoffte dass es seinen Zweck erfüllen würde. Ich packte alles in einen Rucksack und nahm ihn mit hoch.

Bei uns gibt es einen abgelegenen Badesee wo man schön FKK machen kann. Dieser See ist aber auch dafür bekannt, dass er von offenen und toleranten Paaren genutzt wird. Wir kannten ihn bisher nur aus Erzählungen. Trotzdem war ich mir sicher, dass der See genau das richtig war, was ich für meine Frau geplant hatte.

Eine halbe Stunde später parkte ich unseren Wagen und wir stiegen aus. „Was wollen wir den hier?", fragte meine Frau mit großen Augen. Immerhin hatte sie nur ihr Netzkleid an. „Abwarten. Wir müssen noch ein paar Meter laufen. Dann wird es klarer", sagte ich.

Wir schritten einen unscheinbaren Weg entlang und waren im Nu am See. „Dafür sollte ich das Kleid anziehen?" „Nicht nur dafür..." Wir gingen noch etwas weiter und kamen an eine Stelle die recht gut besucht war. Es lagen dort etwa 10 Männer und ein Paar. Alle waren natürlich nackt. „Achso… Du wolltest mit mir zum Nacktbaden gehen. Warum sagst du das nicht gleich", sagte meine Frau leicht grinsend zu mir.

Ich musste innerlich schmunzeln. Das war ja nur ein Teilaspekt. Ich breitete die Decke auf dem Rasen aus und Eva half mir dabei. Dann öffnete ich den Rucksack und holte den Inhalt raus. Zuerst den Hammer, dann den kleinen Pfosten. Meine Frau sah mich etwas irritiert an. Voller Vorfreude auf alles konnte ich meinen Herzschlag spüren. Mit dem Hammer trieb ich den Pfosten in die Erde. Eva beobachtete mich noch immer etwas ratlos.

Als der Pfosten versenkt war holte ich das letzte Teil aus dem Rucksack. Es war ein kleines Schild mit einer Aufschrift. Neugierig versuchte Eva den Text zu entziffern. Dann wurden ihre Augen plötzlich groß. „Das ist jetzt aber nicht dein ernst, oder?" „Doch, genau das ist mein ernst", antwortete ich ihr.

Ich befestigte die Aufschrift und wartete die Reaktion der anderen Besucher des Sees ab. Während des Aufbaus gab es schon einige interessierte Blicke. Eva stand immer noch mit offenem Mund vor dem Schild. „Glaubst du das

sich das jemand traut?", sagte sie fast heißer.
„Ich hoffe doch", gab ich ihr als Antwort.

Ich hatte in großen Buchstaben folgendes auf das Schild geschrieben: „KOSTENLOS FICKEN! IN JEDES LOCH!" Man konnte die Worte gut lesen und ich war gespannt wer sich als erstes trauen würde. „Schatz, knie dich bitte auf die Decke und streck deinen Arsch raus." Ohne ein Widerwort tat Eva das.

Sie ging auf alle Viere und präsentierte lustvoll ihren prachtvollen Arsch. Der erste mutige Mann kam auf uns zu. „Stimmt das?", sagte er an mich gewandt. Ich nickte. Während er mit mir sprach spielte er sich selbst am Penis rum. Binnen von Sekunden hatte er eine riesige Erektion. „Wenn du magst darfst du deinen Penis gerne bei ihr reinstecken", und zeigte in Richtung meiner Frau.

Das ließ sich der Mann nicht zweimal sagen. Schon kniete er hinter meiner Frau. Er nahm seinen Riemen in die Hand und platzierte ihn auf ihrer Möse. Mit seiner Eichel rieb er ihren Kitzler und bewegte ihn dann weiter nach unten. Er teilte ihre Schamlippen entzwei und drückte dann sein Becken langsam nach vorne. In einer einzigen Bewegung drang er tief in sie ein.

Fasziniert schaute ich den beiden zu. Mein eigener Penis wurde augenblicklich steinhart. So erregte mich die Szene. Eva gefiel es auch hörbar. Ihr Stöhnen wurde immer lauter und man konnte es im näheren Umkreis bestens hören.

Langsam wurden auch die anderen Herren mutiger. Ein zweiter und dritter Mann kam näher. Sie schauten dem fickenden Pärchen eine Weile zu. Auch ihre Schwänze wurden hart. Der jüngere von beiden ging zum anderen Ende der Decke. Eva hob den Kopf und nahm sofort seinen Riemen in den Mund. Schmatzend und sehr gierig bearbeitete sie sein Teil.

Der erste Stecher stieß dabei heftig in Evas Pussy. Mit jedem Stoß schaukelten ihre Titten. Der Anblick war einfach zu geil. Immer kräftiger hämmerte er sein Teil in sie hinein. Auch seine Atmung wurde hörbar lauter und dann spritzte er in ihr ab. Mit zuckenden Bewegungen ergoss er sich bis zum Schluss in ihr. Als er seinen Penis heraus zog folgte ihm gleich ein dicker Schwall Sperma. Zähflüssig tropfte er auf unsere Decke.

Dann stand er auf und der nächste Fremde nahm seine Position ein. Dieser drehte meine Frau auf die Seite und hob ihr dabei ein Bein nach oben. Er suchte mit seinem Penis nach dem Poloch meiner Frau. Er legte seine Eichel auf den Schließmuskel.

Der Anblick hatte mir sehr gefallen. Mit etwas Spucke auf ihrem Poloch war sein Penis mit einem Ruck schon drin. Sie hatte schon längere Zeit kein Analsex mehr gehabt. Darum war ihr Poloch besonders eng und es dauerte nur 20-30 Stöße als er schon seinen Penis wieder aus ihrer Rosette zog und seine Soße auf Evas Rücken spritzte. So einen Druck hatte er drauf!

Mittlerweile hatten sich so ziemlich alle Herren um uns herum versammelt. Es hatte keinen mehr an seinem Platz gehalten. Alle wollten entweder zuschauen oder mitmachen.

Evas Poloch war nun schön Vorgedehnt und gleich bekam sie den zweiten in den Arsch. Mit Leichtigkeit flutschte er bis zu seinen Eiern in ihr Loch. Mit kräftigen Stößen besorgte er es meiner willigen Fickstute von hinten. Aber auch er konnte nicht lange an sich halten und spritzte seine Ladung auf ihren Arsch!

So ging es noch eine ganze Weile. Insgesamt hatten 5 Männer meine Frau Anal genommen und auf ihr abgespritzt! Ihr ganzes Hinterteil war voll mit fremder Wichse. Es hatte sich ein kleiner See auf ihrem Hintern gebildet und in dünnen Rinnsalen tropfte es auf die Decke.

Gespannt wer noch alles fickbereit um uns herum stand, drehte sie sich um! Es standen noch einige Männer da. Bei einigen waren die Schwänze schon steif und hart, andere waren schon wieder schlaff.

Das waren die, die sie kurz zuvor noch in den Arsch gefickt und abgespritzt hatten.

Aus der Menge löste sich plötzlich ein Kerl. Er war eine echte Maschine. Damit waren nicht seine Muskeln gemeint, sonder vielmehr das, was er zwischen den Beinen hatte. Seine Eier waren wirklich riesig. Sie sahen prall gefüllt aus und waren so groß wie zwei Hühnereier. Die Größe seines Kriegers konnte ich nur schätzen. Hätte ich wetten müssen, wäre mein Tipp bestimmt 23 x 6 cm gewesen. Sein Pimmel war einfach nur gewaltig.

Ich war gespannt welches Loch er für sich wählen würde. Für Evas Rosette wäre das bestimmt die Herausforderung ihres Lebens geworden. Doch er entschied sich für ihre Möse. Er drehte sie auf den Rücken und hob mit einer Hand ihre Beine nach oben. Mit der anderen Hand brachte er seine Penisspitze in die Richtige Position.

Als er entschlossen in ihr Loch eindrang, blickte ich gespannt in das Gesicht meiner Frau. Ich hatte für einen Augenblick das Gefühl ihr Kopf würde platzen. Ihre Atmung setzte für ein zwei Sekunden komplett aus. Er schob seinen Penis ganz in sie hinein und verweilte dort für einen Moment. Eva entspannte sich wieder und er fing an sie zu ficken.

Alle sahen den beiden zu. Auch ich konnte meine Augen nicht abwenden. Sein Penis war bestimmt doppelt so dick wie mein eigener. Aber ich wusste auch, dass Eva auf gutbestückte Männer stand. Also gönnte ich ihr den Spaß. Und diesen hatte sie lautstark. Der Kerl war nicht nur gut gebaut, sondern hatte auch eine fantastische Ausdauer.

Sein Teil fuhr wie ein Dampfhammer in die Möse meiner Frau. Sie genoss seine Stöße sichtlich. Nach einiger Zeit bemerkte ich die ersten Anzeichen für Evas Orgasmus. Ihre Hände krallten sich in die Decke. Dann hob sie ihr Becken und presste es fest gegen seines. So drang sein Riemen noch etwas tiefer in ihr Loch ein.

„Fick mich schneller…", schrie sie. „Besorg es meiner kleinen Pussy". Der Fremde erhöhte nochmals das Tempo. „Jaaaaaaaaaa. Du geiles Stück…. Ich kommmmmmmmme. Aaaaaaaaah". Ihr Körper zuckte und dann kam sie unter lautstarkem Keuchen zum Höhepunkt.

Die Fickmaschine zog seinen Riemen aus dem Loch meiner Frau heraus. Mit einem Furz schloss sich ihre Möse. Sein Penis schimmerte nass und glitschig. Eva war wohl besonders feucht gekommen. An seiner Eichel hing ein dünner Faden Sperma herab.

Er nahm sein Penis in die Hand und quetschte den Faden ab und schleuderte ihn meiner Frau entgegen. Dann begann er sich zu wichsen. Ich hatte das Gefühl sein Teil würde dabei noch etwas wachsen. Meine Frau zog mit ihren Händen ihre Schamlippen weit auseinander und präsentierte ihm so ihr frisch geficktes Loch. Im Nu kam es auch ihm. Seine Hoden zogen sich zusammen und entluden sich schlagartige.

Er zielte direkt in ihre Pussy. Ein extremer Strahl traf Eva voll ins Loch. Sofort quoll ihre Möse über und sein Samen verteilte sich überall. Es folgten noch weitere Schübe und sein Saft ergoss sich auf ihrem Venushügel und ihrem Kitzler. Ein weitere traf sie auf dem Bauch und wieder einer flog bis zu ihren Titten. Im Grunde besamte er sie fast von oben bis unten. Das war ein herrlicher Anblick für mich.

Mein eigener Penis war senkrecht nach oben gerichtet. Ich forderte die restlichen Herren auf meiner Holden nun in den Mund zu spritzen und ihrer Möse eine kleine Pause zu gönnen. Kurz darauf hatte sie schon den nächsten Penis im Mund und dieser pumpte ihr seine volle Ladung in ihre MundPussy! Er konnte so kontrolliert abspritzen, dass kaum etwas danebenging.

Das sah total Lecker aus. „Jetzt schluck alles runter...", feuerte ich Eva an. Sofort war sein

Samen verschwunden. „Und jetzt Schluck das Sperma von den anderen", heizte ich sie weiter auf. Um mehr mit einem mal Schlucken zu können, machte sie einfach nur ihren Mund weiter auf. Mit einer raschen Handbewegung deutete sie an, dass die Männer nun da rein spritzen sollen!

Gleich zwei Herren kamen näher und wichsten wie wild ihre Schwänze! Noch ein weiterer stellte sich dazu und bot ihr seinen Penis an! Die zwei Fremden vor ihr spritzten fast gleichzeitig ab und ihr Mund füllte sich! Mit offenem Mund beugte sie ihren Kopf zurück, um vom Dritten das Sperma zu bekommen. Dieser wichste seinen Riemen als auch schon seine Ladung auf ihre Stirn und ins Gesicht spritzte! Zum Schlucken brauchte sie einfach nur ihren Mund aufzumachen und es wurde dort automatisch rein gespritzt!

Jetzt hatten fast alle abgespritzt. Es fehlten nur noch ein paar Kerle. Ein von ihnen tauschte mit dem am Kopfende den Platz und spritzte meiner Eva eine weitere Ladung Sperma ins Gesicht. Je einer links und rechts bekamen den Penis von meiner Frau gerubbelt als auch diese kamen. Beide verteilten ihre Ladung auf den dicken Titten meiner Süßen. Es gab kaum noch eine spermafreie Stelle auf ihr.

Als jeder seine Höhepunkte hatte beugte sie den Kopf wieder nach vorn. Erst jetzt konnte ich das volle Ausmaß erkennen. Ihre Schminke war völlig verlaufen und Sperma klebte ihr im ganzen Gesicht. Sie hatte das Zeug auch in den Haaren und es tropfte von den Brustwarzen.

Total vollgespritzt mit Sperma hörte ich ein Johlen unter der Meute und sie bekam einen kräftigen Applaus. Wie ein Bühnenstar stand meine Frau auf und verbeugte sich vor den Anwesenden. In diesem Augenblick kam es auch mir. Ich hatte sie wie gebannt angestarrt und dabei an meinem Penis herum gespielt. Allerdings spritzte ich meinen Samen einfach nur in den Sand.

Hilfe, ich brauche mal wieder Sex!

Ich bin die völlige normale und durchschnittliche Frau von nebenan. Eigentlich fühle ich mich mit meinen 38 Jahren nicht wirklich alt. Aber die letzten Monate haben sehr an mir gezerrt. Mein Mann hatte mich Betrogen. Ich hatte meinen Mann in flagranti beim Fremdgehen in unserem Ehebett mit dem Babysitter erwischt.

Wie sich raustellte war das keine einmalige Sache, sondern mein Mann bezahlte die Kleine nicht nur fürs Babysitten sondern auch für regelmäßigen Sex. Zugegeben. Die Kleine war schon eine echte Augenweide. Aber trotzdem war mein Ego extrem verletzt und ich fühlte mich zu tiefst gedemütigt. Aber eine Trennung kam trotzdem nicht in Frage. Um seine Treue zu testen verlangte ich eine längere Sexpause. Aber bei kehrte schnell meine Lust auf Sex zurück. Ich beschloss ihm den Fehltritt heimzuzahlen.

Einen Mann aus dem Freundkreis oder einen Arbeitskollegen wollte ich nicht haben, einen Kerl in einer Bar oder Discothek aufzureißen wollte ich auch nicht. Also überlegte ich mir eine Sexkontakte Anzeige im Internet aufzugeben. Ich meldete mich auf einer sehr interessanten Plattform an, füllte mein Profil mit allen wichtigen Details aus. Auch zu meinen sexuellen Vorlieben und Neigungen.

Ich setzte auch mein Kreuzchen bei Analsex und Natursekt. Beides wollte mein Mann immer von mir haben. Damals wollte ich das nicht. Nun war es Zeit es zu versuchen, nur um ihm damit eins auszuwischen. Abschließend setzte ich noch ein sexy Bild von mir ins Netz. Schon am nächsten Tag freute ich mich über zahlreiche Mails. Ich war erstaunt, wie viele interessante Männer sich hier rumtrieben. Ein paar Kerle kamen in die engere Auswahl. Ich wollte mit einem anfangen, und je nachdem wie es war, auch Treffen mit den anderen Männern ausmachen.

Dann kam der richtige Augenblick für ein Treffen. Mein Mann musste beruflich ein paar Tage wegfahren und ich war alleine zu Hause.

Mein erster Kontakt war mit Timo. Er war etwas jünger als ich und kam aus meiner Stadt. Wir schrieben uns, tauschten schmutzige Fantasien aus und verabredeten uns recht bald zum Ficken. Ich war schrecklich aufgeregt und hätte es am liebsten ein paar Mal abgesagt. Aber letztendlich siegte die Lust. Es kam der Tag des Treffens und ich spürte schon morgens, daß meine Muschi ungewöhnlich nass war. So Penisgeil war ich schon lange nicht mehr.

Nach der Arbeit kaufte ich mir noch ein paar neue Dessous, schwarze halterlose Strümpfe und neue sexy Schuhe. Ich wollte ja schick für das Date sein. Zuhause ließ ich mir ein warmes Bad ein, rasierte meine Muschi und zog mir danach meine neuen Sachen an. Prüfend stand ich vor dem Spiegel und war von mir überrascht. So sexy kannte ich mich gar nicht. Meine langen Haare waren frisch frisiert, meine Brüste ragten fest nach vorne und meine blanke Muschi sah verführerisch aus.

Kurz vor 20.00 Uhr klingelte es bei mir. In meinem sexy Outfit öffnete ich die Türe. Vor mir stand ein erstauner und attraktiver Mann. Seine Augen musterten mich von oben bis unten. Dabei blieb sein Mund offen stehen. Da musste ich kichern und ihm ging es genauso. So schnell war das Eis gebrochen. Ich zog ihn in meine Wohnung und schob ihn gleich weiter in mein Schlafzimmer. Er plumpste mit dem Hintern auf die Matratze und ich stieg auf ihn und begann ihn zu küssen. Leidenschaftlich erwiderte er meine Küsse. Ich knöpfte ihm sein Hemd auf, küsste seine Brust. Während ich das tat wurde ich von einer Welle der Lust erfasst.

Ich war erregt und genoß diesen Zustand. Ich war froh, dass er da war. Dann drehten wir uns um und ich lag wehrlos vor ihm. Er zog mir den Rock aus. Reflexartig fasste ich mir selbst an die Möse und wollte prüfen ob sie schon feucht war. Timo sah mir dabei gebannt zu. Noch immer lag ich vor ihm mit heruntergelassenem Rock und massierte mir dabei den Kitzler. Mein Kitzler war mächtig geschwollen und kribbelte. Ihn erregt der Anblick meiner nackten Muschi sichtlich.

Dann wechselte ich in die Hündchenstellung und streckte meinen Po nach hinten und spüre seinen Schritt. Er war warm und fest. In seiner Hose wuchs sein Penis langsam zu etwas Großen heran.

Ich spürte wie er sich mir entgegen drückte. Mein Herz pochte und ich bewegte mich nicht mehr. Aber er. Er rückte näher und drückte seinen Schritt gegen meinen Hintern. Es war sehr heiß und ich spürte wie er eine Erektion bekam. Seine Hand lag auf meinen Becken und er begann mich langsam auf und ab zu streicheln. Seine Finger wanderten vorsichtig an meinen Oberschenkel herunter. Einige Male auf und ab, bis seine Hand langsam an die Innenseite meiner Beine wanderte.

Ich öffnete instinktiv meine Schenkel ein wenig. Ich schwitzte. Mein Herz pochte laut und deutlich. Seine Hand tastete sich weiter vor. Er griff nach meinem Kitzler und ich spüre, wie er ihn ein wenig massierte. Ich griff nach hinten und legte meine Hand auf seine Beule. Sie war bereits hart und ich berührte seinen Pimmel. Er nahm meine Hand und führte sie in seine Hose. Ich hatte das Gefühl ich träumte. Ich umfasste ihn und begann mit meiner Hand auf und ab zu reiben. Meine rechte Hand war immer noch an meinem Kitzler und ich spürte, wie ich immer feuchter wurde. Dann sah ich, wie er seine Hose auch herunterzog und spürte im nächsten Augenblick etwas Hartes an meinem Poloch. Mit der Hand rieb ich seinen Penis und streichelte seine Eichel, während er immer weiter gegen meine Rosette drückte. Wir schwitzten beide vor Lust und seine Eichel war feucht. Er ließ sie über meinen Hintern gleiten. Ich machte meine Beine weiter auseinander, damit er wieder an meinen Kitzler fassen konnte. Sein Penis war nun zwischen meinen Pobacken und ich nahm meine Hand weg.

Auch er hatte im selben Moment seine Hand weggenommen. Er hatte seinen Penis in die Hand genommen und schob sein Becken immer weiter nach Vorne. Sein Penis flutschte zwischen meine Backen entlang. Von meinem Poloch, über meinen Damm zu meiner Pussy. Immer wenn er an meinem Poloch war, drückte ich ihm mein Becken entgegen. Der Druck seiner großen Eichel gegen meinen Anus machte mich an. Immer wieder das Gleiche. Er verweilte einen Augenblick an meinem Poloch und presste dagegen, dann wanderte er wieder bis zu meiner Muschi herunter.

Er verweilte erneut einen Moment an meinem Poloch. Ich nahm meine Hand und begann meine erregte Pussy zu wichsen. Timo begann mit seiner Eichel ein bisschen Druck aufzubauen, um dann wieder loszulassen. Dabei merkte ich wie sein Penis immer ein ganz kleines Stück tiefer in meinen Anus eindrang. Nur ein ganz bisschen. Vorsichtig ließ er etwas Speichel auf meine Rosette tropfen. Mein Loch wurde feuchter. Ich griff mit meiner linken Hand nach hinten und zog an seinem Becken. Er verstand, was ich ihm damit sagen wollte und begann zu drücken. Es fühlte sich so schmutzig und versaut an. Mir gefiel das Gefühl. Ich drückte ihm meinen Hintern entgegen. Ich spürte wie er drückte und wie mein Poloch langsam den Widerstand aufgab. Auf einmal glitt er voran und drang tief in mich ein. Ich atmete laut. Seine Hand zog meine Pobacken auseinander und er schob sich immer weiter in meinen Anus.

Wir hatten Analsex. Davon träumte mein Mann schon lange. Ich musste automatisch grinsen. Und nun fickte mich ein anderer in meinen Arsch. Dieser Gedanke raste durch meinen Kopf und ich fand es einfach nur geil. Er begann sich heftiger zu bewegen. Seine Stöße wurden auf einmal härter. Nach kurzer Zeit spürte ich wie er zuckte und heftig atmete. Und dann wurde es warm in meinem Darm. Ich spürte wie er in mir kam. Er spritzte richtig in mir ab. Immer wieder pausierte er, bewegte sich wieder ein wenig. Bis es nichts mehr kam.

Wir lagen noch eine Weile auf dem Bett. Noch immer war er in meinem Poloch. Er streichelte mein Bein, meine Hüfte und wir verweilen so. Ich spürte wie sein Penis etwas kleiner wurde. Und während er kleiner wurde und herausrutschte, fühlte ich wie Sperma an meinem Schenkel herunter tropfte.

Im nächsten Augenblick merkte ich wie sein Penis wieder wuchs. Ich presste mein Becken erneut gegen seines. Der Druck und die Reibung sorgten dafür, dass er nochmal hart wurde. Er drang mit seiner Eichel wieder in mein Poloch ein. Es war so ein verrücktes Gefühl zu spüren, wie ein Penis in mir größer wurde. Das alles war verrückt. Es gab eine zweite Runde. Dieses Mal sehr ausgiebig.

Dann kuschelten wir noch etwas, doch dann ging sein Kopf immer tiefer an meinem Körper entlang. Erst massierte er meine Brüste und sog an meinen steifen Brustwarzen, welche immer härter wurden um dann immer weiter nach unten zu gleiten. Dabei bedeckte er meinen Körper mit Küssen und gelangte schließlich zu meiner Möse. Dort begann er ganz langsam zu lecken und saugte an meinem Kitzler. Das tat so gut.

Ich merkte dass ich immer feuchter wurde und kurz vor meinem Orgasmus stand, als er zu mir hoch kam und mich küsste. Es dauerte nicht lange und ich bekam meinen schönsten Höhepunkt in dieser Nacht. Dann kam er wieder hoch aber diesmal nahm er seinen Penis und steckte ihn mir langsam in meine Pussy. War das geil.

Er nahm mich abwechselnd. Steckte mir seinen Penis mal in die Möse dann wieder in den Arsch. Dann mal langsam und wieder schneller. Ich hatte dabei wieder den einen oder anderen Orgasmus. Doch er hörte nicht auf mich zu bumsen. Er nahm mich wieder erst langsam und dann wieder schneller, hob zwischendurch meine Beine an, zog seinen Penis manchmal auch halb aus meiner Pussy. Das war so ein intensives und erregendes Gefühl. Als er meine Beine ganz hochgehoben hatte und er mir diese um meinen Hals legte, zog er seinen Penis langsam raus und rieb ihn langsam an meinem Kitzler, ehe er wieder ganz langsam seinen geilen Riemen in meinen Arsch stieß.

Zur selben Zeit verwöhnte er meine Pussy mit seinen Fingern. Ich konnte nur noch stöhnen. Dann zog er ihn wieder aus meinem Arsch und stieß mit seinen geilen Penis wieder langsam in meine Pussy. Er fickte mich mit seinem geilen Penis. Dann kam es ihm wieder. Er zog seinen Pimmel raus und spritzte alles auf meine Titten und meinen Bauch. Ich verrieb alles und war erstaunt wie viel Sperma da noch aus ihm heraus kam.

Dann machten wir eine etwas längere Pause und tranken auch etwas. Wir kuschelten nun unter der Decke, ich küsste ihn und streichelte über seinen Körper. Als ich zwischen seinen Beinen ankam merkte ich, dass sein bester Freund noch keinen Feierabend wollte und begann ihn zu streicheln. Er kniete sich neben mich, drehte seinen Kopf zu meiner Pussy und begann mich wieder mit seiner Zunge zu verwöhnen. Ich begann seinen geilen Riemen zu wichsen.

Dann drehte er sich um, um mein Loch wieder zu ficken. Da ich weiß was Männer mögen begann ich zu masturbieren während er mich weiter mit Tempowechseln fickte. Er machte es wie vorhin. Plötzlich lag er neben mir lag und wichste sich seinen Penis. Er schaute mir beim masturbierten zu und machte das Gleiche bei sich. Als er kurz vor seinem nächsten Orgasmus stand, fragte er mich wo er hin spritzen sollte und ich zeigte auf meine Pussy. Es war wieder eine unglaubliche Ladung die er abspritzte und die ich gleich danach verrieb.

Danach kuschelten wir uns noch glücklich aneinander als es bald Zeit wurde, dass er mich verließ und nach Hause fuhr. Ich fühlte mich gut. Meinem Mann gegenüber empfand ich kein schlechtes Gewissen gegenüber. Ganz im Gegenteil. Nie war Rache befriedigender gewesen als in dieser Nacht.

Geil und geschieden

Wie jeden Abend ging ich im Park spazieren. Seit meiner Scheidung hatte ich viel Freizeit. Die Kinder waren auch schon aus dem Haus. Das Scheitern meiner Ehe hatte ich mittlerweile überwunden, auch die Tatsache, dass mich mein Mann für eine deutlich jüngere Frau eingetauscht hatte. Womit ich allerdings nicht so gut leben konnte, war, dass ich keinen Mann mehr fürs Bett hatte.

In den ersten Jahren unserer Ehe fickten wir praktisch bei jeder Gelegenheit. Dann kamen die Kinder und es wurde immer weniger, bis wir quasi überhaupt kein Sexleben mehr hatten. In dieser Zeit lernte mein Exmann auch seine neue Frau kennen und tobte sich mit ihr hinter meinem Rücken aus.

Die Scheidung war bereits über ein Jahr her und ich hatte noch immer keinen neuen Partner gefunden. Weder den Mann fürs Leben, noch einen fürs Bett. Dabei sah ich mit meinen 48 Jahren noch immer gut aus. Meine Figur hatte die Geburt meiner Kinder gut überstanden. Darauf war ich sehr stolz. Mein Busen hing keinen Millimeter und mein Po war immer noch knackig. Die langen, schwarzen Haare trug ich meistens offen. Ich trug oft meine schwarze Brille, anstatt

Kontaktlinsen, was mir ein strenges Lehrerinnen aussehen verlieh.

Zu meiner gewohnten Zeit saß ich auf meiner Lieblingsbank im Park und beobachtete die Leute. Es verging einiges an Zeit und es wurde immer dunkler. Auch die Zahl der Besucher schrumpfte. Ich hing meinen Gedanken nach und bemerkte den Mann erst, als er vor mir stand.

„Entschuldigen Sie, darf ich mich zu Ihnen setzen?", fragte er mich. Erschrocken sah ich ihn an. Er war deutlich jünger als ich, wirkte aber sehr nett. Nein, um genau zu sein, er gefiel mir auf Anhieb. Wir kamen ins Gespräch und unterhielten uns zwanglos über alles Mögliche. Plötzlich fragte er mich, was so eine hübsche Frau abends alleine im Park machen würde. Ich musste darüber ziemlich staunen. „Baggert der mich wirklich an?", dachte ich still. Vom Alter her konnte ich glatt seine Mutter sein.

Doch es schmeichelte meinem verletzten Ego. Ich ging nicht direkt auf seine Frage ein und antwortete nur schlicht: „Auf mich wartet zu Haus niemand und ich wollte den schönen Abend noch genießen." „Echt niemand? Das kann ich ja gar nicht glauben.", antwortete er mir. Er war wirklich an mir interessiert. Schlagartig wurde mein Slip nass.

Ohne meine nächsten Worte zu überlegen sagte ich zu ihm: „Kann es sein, dass ich dir gefalle?" Er wurde sofort rot. Seine Schüchternheit fand ich total sexy. Plötzlich konnte er nicht mehr richtig sprechen. Nickte stattdessen mit dem Kopf. Reflexartig legte ich ihm meine Hand auf den Schenkel. Er zuckte kurz zurück, ließ aber meine Hand dort wo sie war. Meine Hormone spielten zu diesem Zeitpunkt schon total verrückt.

Ich ließ meine Hand höher wandern und fand die Mitte seiner Hose. Durch den dünnen Stoff seiner Shorts konnte ich bereits eine Beule fühlen. „Darf ich dir deinen Penis rausholen?", wollte ich von ihm wissen. „Ja.", sagte er knapp. Ich zog gleichzeitig am Bund seiner Shorts und seiner Unterhose. Sein Penis schnalzte mir sofort entgegen. Er hatte bereits eine prächtige Erektion.

Vorsichtig ließ ich meinen Blick über den Park schweifen. Wir waren allein. Ich legte ihm ein Bein über den Schenkel und wichste dabei seinen Riemen. Durch die neue Sitzposition konnte er mir unter meinen Rock schauen. Schüchtern glitt seine Hand über meinen Oberschenkel, hinab zu meinem Lustzentrum. Er schob meinen Slip zur Seite und erkundete mit den Fingern mein nasses Loch.

Gegenseitig erkundeten wir die intimste Stelle des anderen. Er rubbelte mir eifrig den Kitzler während meine Hände seinen Schaft bearbeiteten. Es war ein herrliches Gefühl. Doch ich wollte auch seinen Penis schmecken.

Ich löste mich von ihm und kniete mich auf den Boden vor der Bank. Sein Rohr stand senkrecht vor mir und wartete darauf von mir geblasen zu werden. Sanft griff ich mit der einen Hand nach seinen Eiern und massierte sie mit sanftem Druck. Mit der anderen Hand griff ich nach seinem Penis und fing an ihn zu wichsen.

Er fing an zu stöhnen, genoss es sichtlich. Fordernd streckte er mir seinen Penis entgegen. Ich öffnete meinen Mund und nahm seine Eichel auf. Während ich sie im Mund hatte umkreiste ich seine Spitze mit meiner Zunge. Er schmeckte wahnsinnig gut. Es war lange her, dass ich einen Mann oral verwöhnte. Umso mehr erregte mich die Situation. Es war schon verrückt. Ich kannte den Mann erst wenige Minuten, wir waren in einem öffentlichen Park und konnten jeden Augenblick erwischt werden. Vielleicht war es genau die Mischung, die mich so geil machte.

„Wenn du noch ficken möchtest", keuchte er, „dann musst du langsam machen. Sonst spritz ich gleich ab." Natürlich wollte ich noch ficken. „Du kannst so geil blasen", legte er nach, „Dass ich wirklich gleich komme, wenn du weiter machst." Ich ließ seinen Penis aus dem Mund ploppen und stand auf.

Er zog mir den Slip aus. Breitbeinig stand ich vor ihm. Seine Finger befummelten mein Loch und massierten dabei auch meinen Kitzler. Dabei erzeugte er schmatzende Geräusche bei mir. So nass war ich mittlerweile. Er rieb seine Finger zwischen meinen Schamlippen hin und her und rutschte dabei auch immer wieder in meine Möse. Zu meiner großen Überraschung befeuchtete er seinen Mittelfinger und schob mir diesen in den Po.

Das Gefühl war komplett neu für mich. Es überraschte mich, wie gut sich das anfühlte. Er wechselte immer wieder von meinem Anus zu meiner Muschi. Das brachte mich richtig auf Hochtouren. Ich vergaß alles um mich herum. In meinem Kopf drehte sich alles nur noch um Sex.

„Mach es dir auf der Bank gemütlich", sagte ich zu ihm. Meine Stimme bebte vor Lust. Er machte es sich bequem. Sein Penis ragte vor mir auf. Ich klettere auf die Bank und setzte mich über ihn. Seine Eichel berührte meine Muschi. Mit der linken Hand hielt ich mich an ihm fest und mit der anderen umklammerte ich seinen Schaft. Ich rieb damit über meinen Kitzler und lies ihn auch zwischen meine Schamlippen rutschen.

Im nu war sein Riemen von meinem eigenen Saft nass. Ich verteilte es großzügig über seinem Penis. Jetzt war ich bereit für den großen Moment. Ich fand den Eingang zu meinem Loch und presste ihm mein Becken entgegen. Durch die lange Enthaltsamkeit war meine Pussy besonders eng und seine Größe füllte mich komplett aus. „Das ist so geil. Du hast so einen geilen Penis", stöhnte ich. „Deine Muschi ist der Hammer. Du bist so eng", keuchte er mir atemlos entgegen.

Wir bewegten uns im gleichen Takt und fickten uns gegenseitig in den siebten Himmel. Ich beugte mich leicht nach vorne und unsere Lippen trafen sich. Während wir es wild trieben, knutschten wir leidenschaftlich. Ich fühlte mich wie ein Teenager.

Plötzlich hielt er mich an den Hüften fest und stoppte so unsere Bewegung. „Ich möchte dich noch von hinten bumsen. Darf ich?", fragte er. Noch war mir nicht klar was er genau meinte. Ich dachte eigentlich daran dass er mich von hinten vaginal weiter vögeln wollte. „Klar darfst du mich von hinten nehmen", sagte ich zu ihm.

Mit gespreizten Beinen stand ich an die Parkbank gelehnt. Er stand hinter mit und zog meine Pobacken auseinander. Auf das, was nun folgte, war ich nicht gefasst. Er ging in die Hocke und fing an meinen Anus mit der Zunge zu verwöhnen. Ein Schauer durchlief meinen Körper. Mit der Zungenspitze drang er mehrmals in mich ein. Von Mal zu Mal lockerte sich mein Schließmuskel mehr. Dann befeuchtete er einen Finger mit meinen Mösensaft und schob ihn mir dann ins Poloch.

Ich war zu geil um „nein" zu sagen. Im Gegenteil. Es gefiel mir sogar zunehmend. Vorsichtig stimulierte er meine Poregion mit dem Finger. Ich hatte das Gefühl die Beherrschung zu verlieren. Er drang immer tiefer in mich ein. Dazu kamen immer mehr Finger. Ich war zu allen Schandtaten bereit.

„Schnell, fick mich in den Arsch", hörte ich mich sagen. Er stand wieder auf und beugte sich über meinen Hintern. Dann spuckte er mir etwas von seiner Spucke auf mein Poloch. Eine Sekunde später spürte ich seinen Riemen an meinem Poloch. Sanft drückte er gegen meinen Schließmuskel. Ich versuchte mich zu entspannen. Was nicht ganz so einfach war, denn ich war schrecklich aufgeregt. Doch mit jeder verstrichenen Sekunde wurde es besser.

Langsam drang er weiter in mich ein. Es war bis dato das intensivste Gefühl was ich je beim Sex hatte. Für einen kurzen Moment sah ich nur Sternchen. Vorsichtig bewegte er sich in meinem

Arsch. Meine Rosette gewöhnte sich rasch an die neue Situation. „Fick mich schneller. Ich will dich tief in mir spüren", forderte ich ihn auf. Augenblicklich zog er das Tempo an. Ich wanderte mit einer Hand zu meinem Kitzler und fing an ihn zu massieren.

Die Kombination aus Analsex und der Massage meines Liebesknopfes bescherte mir einen heftigen Orgasmus. Der kam so plötzlich und unerwartet, dass ich beinahe das Gleichgewicht verloren hätte. Mit zittrigen Beinen stand ich da und rang nach Luft.

Sein Penis steckte noch immer in meinem Po. Er zog ihn bis zur Eichel hinaus und fing an zu wichsen. Es dauerte nur einige Sekunden bis er seinen Samen in meinen Darm pumpte. Ich konnte deutlich spüren wie sein Sperma in mich hinein spritze. Das war so herrlich versaut. Ich kam mir so richtig schmutzig vor, aber auf eine angenehme Weise.

Als er sich aus mir zurück zog, floss im selben Moment das Sperma aus meinem frisch gefickten Loch. Ich konnte seinen warmen Saft spüren, wie er über meine Muschi lief und letztendlich auf den Boden sickerte. Mit einem leichten Schwindelgefühl drehte ich mich zu ihm und küsste ihn.

Plötzlich fiel mein Blick auf die zwei Zuschauer, die uns in einiger Entfernung beobachtet hatten. Ich konnte es kaum glauben, aber sie schauten zu uns und klatschten in die Hände. Unsere Aktion hatte ihnen wohl auch gefallen. Verlegen suchte ich meinen Slip und verabschiedete mich von meinem jungen Lover. Wir tauschten noch die Telefonnummer und dann verschwand ich unauffällig.

Endlich in den Po

Ich hatte mich noch nie wirklich mit dem Thema Analsex beschäftigt. Mein Sexleben war bis dahin abwechslungsreich genug. Ich wollte nichts Neues probieren, von dem ich ohnehin nicht wirklich überzeugt war. Mein damaliger Freund sprach das Thema zwar hin und wieder mal an, aber ich war darauf nie wirklich eingegangen. Analsex war wohl eher etwas für Männer.

Das dachte ich zumindest eine lange Zeit. Doch dann hatte ich mal ein Gespräch mit meiner besten Freundin darüber. Auch für sie war das Thema Anal lange Zeit ein Tabu gewesen. Das änderte sich aber schlagartig bis sie ihren Mann betrog. Ihr geheimer Lover war wohl eine Koryphäe auf diesem Gebiet. In allen Einzelheiten schilderte sie mir ihren ersten Analverkehr.

Das meine Freundin ihren Mann betrogen hatte überraschte mich völlig. Sie war nicht wirklich der Typ Frau die so etwas machte. Aber stille Wasser sind ja bekanner weise oft schmutzig. Die größere Überraschung war allerdings die detaillierte Schilderung ihres Analsexes. Sie erzählte so überschwänglich davon, dass ich ungewollt nass wurde. Bis zu diesem Zeitpunkt war die anale Lust immer etwas schmutziges, ja etwas verdorbenes gewesen. Etwas an dem die

Männer mehr Spaß hatten als die Frauen. Aber in diesem Punkt hatte ich mich wohl geirrt.

Die freizügige Erzählung meiner Freundin änderte grundlegend meine Einstellung zu diesem Thema. Anfangs hörte ich ihr noch voller Skepsis zu. Doch am Ende hatte sie mich bekehrt. Sie war der erste Mensch, der mich davon überzeugen konnte, dass Sex von Hinten doch seinen eigenen Reiz haben konnte.

Mit meinem Freund wollte ich das aber nicht ausprobieren. Warum auch immer. Aber das ging irgendwie nicht. Meine Freundin berichtete mir von sagenhaften Orgasmen mit ihrem Lover. Da es ihr bei den Fehltritten rein um Sex ging und nicht um Liebe, fragte ich sie kurzerhand nach der Nummer ihres Stechers. Grinsend gab sie mir seine Rufnummer.

Wild entschlossen rief ich ihn ein paar Tage später an. Meine Freundin hatte bereits mit ihm über mich gesprochen. Erfreut über meinen Anruf machten wir ein Date aus. Er gab mir seine Adresse und ich fuhr am darauffolgenden Abend zu ihm. Meinem Freund erzählte ich, daß ich mit meiner besten Freundin ins Kino ging. Ein besseres Alibi gab es ja auch nicht für mich.

Ich war den ganzen Tag schon scharf. Und natürlich aufgeregt. Nur ein schlechtes Gewissen hatte ich nicht. Es war zwar meinem Freund gegenüber nicht fair, dachte ich, aber manchmal muss Frau auch mal egoistisch sein.

Als ich meinen Wagen vor seinem Haus parkte, fing mein Herz an schneller zu schlagen. Die Aufregung war jetzt deutlich spürbar. Als meine Hand die Türklingel betätigte zitterte sie leicht. Aber für einen Rückzieher war es nun auch zu spät. Ich klingelte.

Ein Mann im mittleren Alter öffnete mir die Türe. Er hatte ein gepflegtes Äußeres und ein charmantes Lächeln auf den Lippen. Über sein Aussehen hatte ich mir im Vorfeld überhaupt keine Gedanken gemacht. Aber ich war angenehm überrascht von ihm. Er hatte einen Drei-Tage-Bart und einen leicht trainierten Körper. Vielleicht war es den sommerlichen Temperaturen geschuldet, vielleicht war er aber auch einfach praktisch veranlagt, denn er trug nur eine dieser engen Boxershorts.

Unter dem engen Stoff seiner Hose zeichnete sich etwas Großes ab. Ein großer Penis war schon immer nach meinem Geschmack. Aber für mein erstes Mal Anal.

Das macht mir doch etwas Angst. Er führte mich direkt ins Schlafzimmer. Wir führten einen kurzen Smalltalk und ich stellte sofort fest, daß ich den

Mann mochte. Wir setzten uns auf das Bett und er begann mich zu küssen. Meine Hemmungen verlor ich schneller, als ich gedacht hatte.

Er zog mich langsam aus. Ganz ohne Stress oder Eile. Dabei küsste er mich leidenschaftlich. Er verwöhnte meine Brüste und schenkte dabei meinen Brustwarzen besondere Aufmerksamkeit. Ich genoss das Ganze Zunehmens. Er blickte mich lüstern und vielsagend an.

Ich stieg ganz auf das Bett. Dabei ging ich auf alle Viere und präsentierte ihm meine Löcher. Dabei achtete ich darauf, dass er alles genau sehen konnte. Er holte aus dem Nachtisch eine Tube Gleitmittel heraus und kniete sich hinter mich. Mit einem leisen Knack öffnete er das Gleitgel und verteilte es großzügig zwischen meinen Arschbacken. Es war anfangs etwas kalt, aber das änderte sich sehr schnell.

Er cremte damit meine Rosette ein. Das Gefühl war ungewohnt. Wie zufällig drang er immer wieder mit der Fingerspitze in meinen Anus ein. Ich schloss meine Augen und genoss die intimen Berührungen. Sein Finger tauchte von Mal zu Mal etwas tiefer ein. Ich hörte mich selber stöhnen. Erst leise, dann immer ungehemmter. Das spornte meinen Lover an. Es kam ein weiterer Finger dazu und damit dehnte er meinen Schließmuskel weiter auf. Ich ließ ihn gewähren.

Mit keinem Gedanken hätte ich je gedacht dass es so geil sein kann. Ich näherte mich bereits einem Orgasmus, als ich die geschwollene Eichel meines Liebhabers an meinem Anus spürte. Er zog seine Finger aus mir heraus und platzierte stattdessen seinen Penis an der gleichen Stelle. „Bitte fick mich jetzt in den Arsch", hörte ich mich sagen.

Ich hatte mich selbst nicht mehr richtig unter Kontrolle. Mein Poloch verlangte nach seinem Penis. Auch mein Lover war jetzt ziemlich geil. Das konnte ich deutlich spüren. Langsam aber doch entschlossen drückte er mit seinem Becken gegen mich. Mein jungfräuliches Poloch öffnete sich unter dem Druck Stück für Stück.

Seine Penisspitze verschwand mühelos in meinem After. Danach wurde der Schaft seines Penis dicker. Ich hatte leichte Mühe nicht vor Schmerz und Lust gleichermaßen zu Schreien. Er hielt kurz inne und ich kam wieder zu Luft. Ein weiteres Mal öffnete er die Tube mit dem Gleitmittel. Er tropfte davon einiges auf meinen Hintereingang und seinen Penis. Dann verrieb er es genüsslich. Gut geschmiert ging es weiter.

Ohne einen weiteren Schmerz drang er tiefer in mich ein. Er presste sein Becken langsam fester gegen mich und verwöhnte dabei gleichzeitig meinen Kitzler. Das Zusammenspiel aus vaginaler Stimulation und analer Penetration war das

Geilste was ich bis dahin erlebt hatte. Ich wand und räkelte mich hemmungslos unter seinen Fingern. Dabei drückte ich mich ihm weiter entgegen und half ihm so tiefer in mich hinein zu gleiten.

Nach wenigen Momenten war er bis zum Anschlag in meinem Poloch. Das Gefühl war total intensiv und ich spürte jede noch so kleine Bewegung. Jeder noch so winzige Stoß verursachte das reinste Feuerwerk in meinem Kopf. Bisher hatte kein Mann diesen Effekt bei mir erzeugen können. Aber vielleicht lag es einfach auch nur an diesem herrlichen Analsex.

Lustvoll fickte mich mein Lover von hinten. Meine schweren Brüste wippten im Takt seiner Stöße vor und zurück. Bei jedem Stoß klatschten seine Eier gegen meinen Kitzler und erzeugten dort ein weiteres wolliges Gefühl. Was ich nie vermutet hätte, und was auch mit meinem Freund noch nie funktioniert hatte, wir kamen tatsächlich gleichzeitig zum Orgasmus. Ich konnte spüren, wie seine Eichel weiter anschwoll und sich plötzlich in mir entlud. Diese extreme Situation gab mir auch den Rest. Er rammte mir hart und bestimmend seinen Penis hinein und ich presste mich mit aller Kraft gegen ihn. Ich fühlte die Wärme seines Samen in mich hineinschießen.

Die sexuelle Energie brachte meinen ganzen Körper zum beben. Eine angenehme Wärme war in meinem Anus zu spüren. Wellen eines unglaublichen Orgasmus strömten durch meinen Unterleib. Ich keuchte in einer obszönen Art und Weise die ich vorher noch nie an mir erlebt hatte. Auch meinem Lover ging es nicht anders. Er umarmte mich von hinten und ließ mich erst wieder los, als sein Penis erschlafft aus meinem Poloch rutschte. Erschöpft ließ ich mich nach vorne gleiten und er legte sich über mich.

Diese hemmungslose Art zu Ficken kann und möchte ich nicht mit meinem Partner ausleben. Es ist schwer zu erklären. Manchmal ist es leichter sich bei einem fremden Mann gehen zu lassen. Darum ist es auch nicht bei dieser einen Erfahrung geblieben. Verlassen wollte ich meinen Freund nie, darum blieben meine Seitensprünge mit meinem Anallover immer ein Geheimnis.

Der FKK Urlaub

Ich spiele schon seit Jahren in einer reinen Damen Kegelmannschaft. Jedes Jahr fahren wir Weiber gemeinsam in den Urlaub und machen einen drauf. Gewöhnlich fahren wir nach Malle und saufen da ein paar Tage durch. Doch dieses Jahr wollten wir mal was Neues erleben und entschieden uns für einen FKK Urlaub. Die meisten von uns sind entweder verheiratet oder haben zumindest einen Freund. Deshalb beschlossen wir uns das mit dem Nacktbadeurlaub für uns zu behalten. Wir sagten unseren Partner das es ein völlig normaler Urlaub sei. Wir freuten uns alle sehr auf einen ausgelassen Trip ins warme Kroatien.

Kaum das wir im Hotel ein gecheckt hatten, stürmten wir auch schon den Nacktstrand. Ein paar von uns machten manchmal FKK, für einige war es noch total neu. Wir hatten aber eine Menge Sekt in den Kühltaschen dabei. Nach kurzer Zeit waren wir alle gut drauf und machten mächtig Stimmung. Selbst bei den schüchternsten unter uns wirkte der Sekt. Es waren viele einzelne Männer am Strand. Wir unterhielten uns lautstark über sie und starrten ihnen auf die Schwänze. Das machte tierisch Spaß. Teilweise provozierten wir sie, indem wir breitbeinig da saßen oder nackt auf allen vieren über die Decken krabbelten.

Höhepunkt unserer kleinen Showeinlage war das gegenseitige Titten eincremen.

Ich konnte sehen, wie bei dem ein oder anderen der Penis wuchs. Mich machte das total geil. Genauso wie die Pimmel größer wurden, so wurde ich immer feuchter. Einer gefiel mir besonders. Er lag etwa 3 m von uns entfernt und versuchte seine Erektion zu verstecken. Ich fand das echt lustig. Aus dem Augenwinkel beobachtete ich ihn weiter, während ich die nächste Runde Sekt für meine Mädels ausschenkte. Seine Blicke schweiften immer wieder für einen kurzen Augenblick in unsere Richtung.

Auf einmal stand der Mann, der mir gefiel, auf und ging in Richtung der Hecken die sich am Rand des Strandes befanden. Ich weiß nicht warum, ob der Alkohol schuld war oder ich einfach nur geil war, aber ich folgte ihm unauffällig. Meinen Mädels sagte ich müsste mal pinkeln. Mit einigem Abstand folgte ich dem Unbekannten. Mein Herz schlug plötzlich schneller.

Ich sah ihn alleine in einem Eck stehen. Halb versteckt hinter einer kleinen Hecke. Er hatte immer noch einen steifen Penis. Sein Teil ragte mächtig groß auf und sah total verführerisch aus. Mit der rechten Hand rubbelte er daran. „Darum bist du also verschwunden!", sprach ich ihn an. Sichtlich erschrocken zuckte er zusammen. „Keine

Angst, mir gefällt es was du da machst." Er starrte mich mit großen Augen an und rubbelte unbewusst immer noch seine Stange.

Breitbeinig stand ich nur eine Armlänge von ihm entfernt. Ich fuhr mir mit einem Finger durch die Möse und hielt ihm dann den Finger vor das Gesicht. Er verstand den Wink und lutschte daran. Das reichte ihm wohl um seine Verlegenheit ab zu schütteln. Er kam den letzten Schritt auf mich zu und fing sofort an meine Titten zu kneten und an meinen Brustwarzen zu saugen.

Jetzt liefen meine Geilsäfte auf Hochtouren. Er drang tief mit seinen Fingern in meine feuchte Ritze ein. Schmatzend fickte er mich mit zwei Fingern an. So geil auf einen Penis war ich schon lange nicht mehr gewesen. Ich wollte wissen wie sich sein Pimmel in meinem Mund anfühlt. Also ging ich vor ihm runter und nahm seinen Pimmel tief in meinen Mund. Seine pralle Eichel füllte meinen Mund gut aus und ich musste sogar leicht würgen.

Doch das störte meinen Lover nicht. Stattdessen schob er mir seinen Penis immer wieder tief in den Rachen. Er stand wohl darauf tief geblasen zu werden. Gnadenlos benutzt er mich als MaulPussy. Für mich war das eine aufregende neue Erfahrung. Sabber und erste Tropfen seines Spermas tropften mir aus dem Wundwinkel.

Ich ging vor ihm auf die Knie und streckte im verführerisch meinen Arsch entgegen. Der Sand war angenehm warm und ich freute mich bereits auf seinen dicken Prügel in meiner Möse. Doch auf einmal zuckte ich zusammen. Ich hatte bis zu diesem Augenblick nicht bemerkt daß wir nicht alleine waren. Überall um uns herum standen wichsende Männer. Sie hielten zwar Abstand, aber ich konnte ihre steifen Schwänze genauso sehen. Noch nie hatte ich sowas gesehen. Aber mir gefiel was ich sah.

Dann drang der Unbekannte in mich ein. Seine Eichel schob sich durch meinen engen Eingang bis tief in mein Innerstes. Mit viel Gefühl drang er bis zum Anschlag in mich hinein. Als nur noch seine Hoden draußen waren, fing er an mich rhythmisch zu ficken. Aus dem Augenwinkel beobachtete ich die ganzen Wichser. Für mich war das Lust pur. Ich keuchte und stöhnte im Takt seiner Stöße. Und die fremden Männer wichsten sich hemmungslos weiter.

Mein ganzer Körper schrie nach einem erlösenden Orgasmus. Während ich von hinten gefickt wurde, stellte ich mir vor, wie ich die Typen auch noch abblasen würde. Der Gedanke brachte mir den gewünschten Höhepunkt. Mit einem lauten Schrei brach es aus mir heraus und ich kam. Er fickte mich solange noch, bis ich erschöpft auf den Boden sank.

Erst dann zog er seinen Penis aus meiner triefenden Pussy und näherte sich meinem Gesicht. Ich sah im direkt auf den Penis und schon ging es los. Dicke und schwere Tropfen seines Spermas klatschten wir unkontrolliert ins Gesicht. Ich konnte fühlen, wie sich mein hübsches Gesicht in ein reinstes Spermaface verwandelte. Als er fertig war blickte ich auf. Die Männer waren etwas näher gekommen und einer fragte mich ob er mich auch anspritzen dürfe.

Ich nickte kaum sichtbar. Schon hielt er mir seinen Penis auch vor das Gesicht und die nächste Ladung Sperma prasselte auf mich nieder. Ein weiterer kam und drückte mir seinen Penis entgegen. Er wichste noch kurz und besamte mich dann auch im Gesicht. Ich kam mir richtig dreckig vor. Aber es war ein gutes Gefühl. Einer nach dem anderen kam zu mir.

Ich war jetzt wie in Trance. Plötzlich hatte ich auch wieder einen Penis im Mund. Ohne zu zögern blies ich das fremde Rohr. Mein Po ragte für alle öffentlich noch nach oben. Und schon hatte ich auch einen Penis in der Pussy. Der Fremde bumste mich leidenschaftlich in meine gierige Möse. Nach wenigen Stößen spürte ich wie er sich in mir ergoß. Und schon hatte ich den nächsten Mann in mir.

Mein Gefühl für Zeit war komplett erloschen. Für mich gab es in diesem Moment nur Sperma und Schwänze. Ich ließ mich wirklich von jedem abficken und öffnete für jeden spritzenden Penis meinen Mund. Ich war einfach nur geil und wollte mich benutzen lassen.

Nach endlosen Minuten hatte mich jeder Mann gefickt und besamt. Meine Möse pochte und mein Kitzler war leicht geschwollen. Mein Gesicht war eine einzige Masse aus frischem Sperma. Einer bot mir ein Taschentuch an und ich wischte das gröbste ab.

Danach eilte ich in Richtung Meer zurück und ging erst mal kurz baden. Als ich zurück kam, grinsten mich alle Mädels an. Unser kleiner Gangbang war wohl nicht unbemerkt geblieben. Sie wollten alles von mir wissen. Ungeniert berichtete ich allen mein kleines Abenteuer. Nur meinem Freund, dem werde ich davon nichts erzählen.

Nimm mich hart ran

Als sie mir die Augenbinde vom Kopf zog konnte ich zunächst nichts erkennen. Der Raum war hell erleuchtet und das Licht schmerzte in meinen Augen. Nur langsam gewöhnte ich mich an die Helligkeit.

Ich blickte in den Raum und sah meine Herrin in einigem Abstand vor mir stehen. Sie sah wie immer blendend aus. Man sah deutlich ihre großen und vollen Brüste in ihrem Netzoberteil. Desweiteren trug sie dunkle Strapse und schwarze High Heels. Um ihr Becken war der große und dicke Umschnalldildo gespannt.

Sie besaß zwei unterschiedliche Paare. Den langen dünnen und den großen dicken. Sie wusste genau dass ich den Zweiteren bevorzugte auch wenn es schwerer war ihn in meinen Arsch zu schieben. Bei dem Anblick schwoll mein Penis sofort zur vollen Größe heran. Zufrieden blickte meine Herrin auf meinen Penis und grinste.

„Du kleines Bückstück möchtest doch wieder in den Arsch gefickt werden. Stimmts?", sagte sie. Ich nickte darauf. Aber das reichte ihr nicht als Antwort. Mit der flachen Hand gab sie mir einen Schlag auf die Eichel. Ein kurzer Schmerz durchzuckte meinen Körper. „Jawohl, meine Herrin", korrigierte ich meine Antwort.

Sie stand direkt vor mir. Der Kunstpimmel berührte meinen eigenen. Im Vergleich zu diesem MonsterPenis war meiner winzig. „Du träumst doch davon auch so einen Penis zu haben. Dein Miniwürstchen macht doch keine Frau glücklich". Dabei rieb sie den Großen an meinem Kleinen. „Ja, Herrin".

Dann drückte sie mich zu Boden, so dass ich vor ihr kniete. Der Dildo ragte nun in mein Gesicht. Sie ergriff nun meinen Hinterkopf drückte mein Gesicht immer weiter in Richtung Umschnalldildo und sagte mit dominanter Stimme: "LOS BLAS IHN MIR". Ich zögerte einen Augenblick und bekam dafür eine Ohrfeige. Ich öffnete sofort meinen Mund und sie schob mir den Penis direkt in meinen Mund. Ich fing zu blasen an. Fast im selben Moment fing sie an ihr Becken mit Fickbewegungen zu bewegen. Sie steckte mir den Kunstpimmel extrem weit in den Mund. Davon musste ich würgen. Doch darauf nahm meine Herrin keine Rücksicht. Gnadenlos benutzt sie meinen Mund als Fickloch.

Sie sagte immer wieder zu mir: "BLAS IHN, JA BLAS IHN MIR RICHTIG HART" und ich gab mir noch mehr Mühe. Schließlich wollte ich ja ein guter Sklave sein. Sie zog nun den Dildo aus meinem Mund und griff mir unter die Arme. Sie blickte mir fest in die Augen und meinte zu mir: "Knie dich jetzt hin", was ich auch machte.

So kniete ich auf allen vieren vor ihr, meine Beine waren leicht gespreizt. Sie stellte sich hinter mich und schob mit ihren Füssen meine Beine noch weiter auseinander, so das mein Oberkörper nach vorne sackte und mein Arsch in die Luft ragte. „Genau so will ich dich sehen", sagte sie wieder fest.

Wie ein Hund lag ich vor ihr. Mein Arsch ragte in die Höhe und mein Kopf war ganz weit unten. Ich hörte wie sie die Tube mit dem Gleitmittel öffnete. Im nächsten Augenblick spürte ich wie sie das Gel großzügig über meinen Anus verteilte. Sie verrieb mir das Zeug mit den Fingern und rutschte dabei häufiger mal in meinen Arsch. Dabei musste ich jedes Mal lustvoll Aufstöhnen.

Als sie alles ausgiebig verteilt hatte, kniete sich hinter mich und sagte: "PASS JEZT GUT AUF!". Ich spürte was Hartes an meinem Poloch. Ich freute mich bereits darauf. „Jetzt steckt sie ihn dir rein", dachte ich voller Vorfreude.

Aber nein es war nicht der Dildo, sondern sie steckte mir wieder nur einen Finger in mein Poloch. Dann folgte aber ein Zweiter. Fast schon flüstern sagte sie zu mir: "Wenn du jetzt schon so stöhnst dann warte mal ab was ich noch für dich geplant habe". Plötzlich merkte ich dass sie einen weiteren Finger in mich schob. Sie machte mich verrückt mit ihrem Verhalten und mit den versauten Sachen die sie heute mit mir anstellte. Nach einigen Bewegungen kamen dann noch die beiden letzten Finger dazu. Sie begann mich mit der ganzen Hand zu ficken, ich stöhnte laut auf. So geil war es.

Nach einigen Fickbewegungen wäre ich beinahe gekommen und hätte mein Sperma verspritzt. Ihre Hand in meinem Poloch machte mich fast verrückt. Sie bewegte die Hand vor und zurück, so dass sie immer tiefer in mich eindrangen. Geschmeidig flutschte meine Herrin in meinen Arsch rein und raus. Das Gefühl in meinem Hintereingang war atemberaubend.

Ich stöhnte mittlerweile immer lauter. Meine Herrin wusste wie sie ein Poloch penetrieren und dehnen konnte. Wie in Trance nahm ich ihr Tun wahr. Ich schloss meine Augen und genoss jeden Augenblick.

Plötzlich zog sie ihre Hand wieder aus meinem Arsch und setzte den Umschnalldildo an meiner Rosette an. Mit einem Ruck stieß sie ihn mir bis zum Anschlag hinein. Ich schrie vor lauter Geilheit auf. Im ersten Moment dachte ich es würde mich Zerreisen. Doch das Gefühl dauerte nur einen kurzen Augenblick an. Ich ballte meine Hände zu Fäusten und ließ den Schmerz vorbei gehen.

Ohne Rücksicht auf meinen Schmerz begann sie mich sofort knallhart durch zu ficken und stieß mir den Kunstpimmel immer wieder bis zum Anschlag in meinen Hintern. Meine Herrin stöhnte und ich, ja ich stöhnte nicht mehr, denn ich schrie vor lauter Geilheit. Als sie mich einige Zeit in der Stellung penetriert hatte zog sie ihren Penis wieder aus meinem Poloch und drehte mich auf den Rücken.

Sie nahm meine Beine und legte sie zurück, so dass meine Fußsohlen bei meinem Kopf waren und mein Hintern senkrecht in die Luft ragte. Dann sagte sie dass ich so bleiben solle was ich auch machte. Sie hockte sich über mich und schob mir den Dildo wieder in mein weit geöffnetes Loch.

Wieder war der stechende Schmerz spürbar. Einen weiteren Augenblick später folgte das Lustgefühl. Ich keuchte lauthals auf, schloss die Augen und ließ sie gewähren. „Oh Mann", dachte ich „ist das ein geiles Gefühl". Ich genoss jeden ihrer Stöße. Egal wie hart und tief es war. Mein Penis stand dabei senkrecht nach oben. Während sie gnadenlos mein Poloch penetrierte wurde mein hartes Teil von ihr gewichst. Ich hatte das Gefühl als würden meine Eier gleich explodieren.

Auch meiner Herrin gefiel es. Bei jeder Bewegung rieb sich der Strap On an ihrem Kitzler. Sie wurde langsam aber sicher immer Lauter. Ihre Stöße kamen nun immer schneller und intensiver. Mich machte das so geil, dass ich am liebsten gleich abgespritzt hätte. Aber ohne ihre Erlaubnis war mir das strengsten untersagt. Ich hatte richtig Mühe nicht sofort meinen Samen zu verschießen.

Meine Herrin fickte mich weiter. Immer rasanter, härter und brutaler. Und dann kam sie mit lautem Geschrei zum Orgasmus. Ich konnte fühlen wie die Orgasmuswellen durch ihren Körper zuckten. Sie verweilte währenddessen weiter in meinem Arsch. Nach endlosen Sekunden blickte sie mich zufrieden an.

„Ich erlaube dir jetzt auch zu spritzen", sagte sie zu mir. Wieder fing sie an mich mit dem Strap On zu ficken. Gnadenlos trieb sie mir das harte Teil in meinen Arsch. Sie spießte mich regelrecht damit auf. Und während sie mich bumste wichste sie mir erneut den Penis. Es dauert nur einen kurzen Augenblick bis mein Sperma aus mir heraus spritzte. Ich kam mit solch einem Druck, dass ich mir selbst ins Gesicht wichste.

Sie wischte den Samen mit den Fingern auf und steckte mir die verklebten Finger in den Mund. Ohne wiederworte lutschte ich die Finger sauber. Sichtlich zufrieden zog sie den Dildo wieder aus meinem Loch. Ich verweilte in meiner Stellung und war fix fertig.

Sie hingegen legte den Strap On mit dem Riesendildo wieder ab und setzte sich auf ihren mächtigen Ledersessel. Ich hatte etwas wacklige Beine und stand deswegen nicht auf. Zittrig kniete ich auf allen Vieren vor ihr und schnappte nach Luft. Mein Poloch glühte noch von diesem harten Ritt. Aber ich war sehr glücklich. Ich hatte die beste Herrin für mich gefunden, die es gab.

Verheiratet und unbefriedigt

Wir waren noch auf der Schule als Rolf und ich ein Paar wurden. Damals war alles noch so neu und aufregend. Er war der erste Mann für mich. Auch für ihn war es damals sein erstes Mal. Wir trieben es wirklich bei jeder Gelegenheit. Während der großen Pause auf dem Schulklo oder vor dem Nachmittagsunterricht in einem freien Klassenzimmer. Unserer Fantasie waren keine Grenzen gesetzt.

Sogar im Schwimmbecken im Freibad oder im Zugabteil nach Paris trieben wir es miteinander. Das war eine super Zeit. Dann kam die Ausbildung und danach heirateten wir. Und ab da begann die sexuelle Flaute. Anfangs hatten wir noch fast täglich Sex. Doch mit den Jahren wurde aus dem täglichen nur noch dreimal die Woche und mittlerweile, nach 10 Jahren Ehe, ist es nur noch einmal im Monat.

Meinem Mann scheint das zu reichen. Aber mir nicht. Für mich wurde das zunehmend zu einem Problem. Ich gehöre zu den Frauen die den Orgasmus lieben und einfach auch gerne Sex haben. Als der Sex in der Ehe weniger wurde besorgte ich es mir öfters mal heimlich auf der Toilette und unter der Dusche. Einige Zeit später kaufte ich mir meinen ersten Dildo. Den nahm ich auch irgendwann zum shoppen mit. Nicht selten besorgte ich es mir in einer Umkleidekabine im Kaufhaus oder spontan im Auto auf einem Parkplatz.

Der Kick erwischt zu werden war für mich schon immer besonders reizvoll. Bei diesem Gedanken spielen bei mir die Hormone verrückt und ich kann mich oft kaum bremsen. Meine Muschi wird dann immer besonders feucht und in meinem Kopf legt sich ein Schalter um. Dann möchte ich einen Höhepunkt. Jetzt sollte ich allerdings noch kurz erwähnen das ich immer Treu war und fremdgehen kein Thema für mich war... War ist allerdings das Stichwort.

Ich war auf dem Heimweg vom Einkaufen. Es war ein schöner Frühlingstag. Die Sonne schien und die Temperaturen waren sehr angenehm. Ich entschied mich morgens dazu, einen kurzen Rock und eine weiße Bluse anzuziehen. Darunter trug ich nur noch eine offene Strumpfhose und den Slip ließ ich zu Hause. Ich liebe es frivol gekleidet zu sein. Unterwegs entschied ich mich noch einen kurzen Stopp auf einem kleinen Parkplatz zu machen. Ich parkte meinen Wagen abseits. In meiner Handtasche befand sich meine neuste Errungenschaft. Ein Dildo mit zwei Enden. Perfekt um sich damit gleichzeitig die Muschi und den Po zu verwöhnen.

Ich öffnete geschwind den Reißverschluss meiner Tasche und kramte meinen neuen Lustdiener hervor. Ich rutschte tiefer in meinen Sitz und spreizte soweit es ging die Beine. Das eine Ende war etwas dicker als das andere. Zunächst schob ich mir das Dickere in meine feuchte Muschi. Mühelos glitt der Dildo in mein Loch. Ich fickte mich ein bisschen in Stimmung und legte dann mit dem Dünneren in meinem Poloch nach. Das Gefühl der Doppelpenetration treibt mich regelmäßig an den Rand des Wahnsinns. Ich liebe dieses Lustgefühl. In meiner Fantasie waren es auch schon echte Schwänze die in mich eindrangen.

In Gedanken hing ich wieder dieser Vorstellung nach und befriedigte mich dabei im Auto. Dabei schloss ich die Augen und schob mir immer wilder den Dildo in meine Löcher. Ich war wie in Trance. Dummerweise hatte ich wohl vergessen das Fenster im Auto zu schließen und so drang mein Stöhnen über den halben Parkplatz. Aber auch das bekam ich zunächst nicht mit. Erst als es an meine Scheibe klopfte öffnete ich erschrocken die Augen.

Vor meinem Auto standen zwei Kraftfahrer. Der eine war etwas jünger, ich schätzte ihn so auf Mitte zwanzig. Der Zweite war um die fünfzig. Die Jungs waren optisch ansprechend. Beide glotzen zu mir ins Auto und hatten dabei ihre steifen

Schwänze in der Hand. Zunächst stieg mir die Schamesröte ins Gesicht. Doch binnen weniger Augenblick siegte die Gier in mir. Ich wünschte mir nichts sehnlicher als mal wieder einen echten Pimmel zu spüren. Und die Aussicht auf zwei Schwänze war eine totale Verlockung für mich.

Ich dachte in diesem Moment nicht eine Sekunde an meinen Mann. Für mich gab es jetzt nur noch diese zwei fremden Kerle und ihre fickbereiten Schwänze. Zu allem bereit öffnete ich meine Tür und stieg aus. Die Kerle standen direkt vor mir. Sie wichsten immer noch ihre Riemen. Ich ging den letzten Schritt auf beide zu und griff mit der Hand nach ihren Lustspendern. Jetzt hatte ich links und rechts ein Rohr in der Hand. Es war ein gutes Gefühl so viel geballte Männlichkeit in den Händen zu haben.

Ich war total aufgeregt und verrückt vor Lust. Ich konnte mich gar nicht entscheiden welchen Penis ich zuerst lutschen wollte. Ich konnte in meinem Kopf keinen klaren Gedanken mehr fassen. Ich ging vor den Männer in die Hocke. Dabei öffnete sich meine Spalte schmatzend. Meine Beine zitterten vor Aufregung und Lust.

Instinktiv lutschte ich beide Schwänze nacheinander und dann auch gleichzeitig. Überraschenderweise passten beide Pimmel in meinen Mund hinein. Nie zuvor hätte ich vermutet dass ich sowas könnte. Aber es ging und machte mir auch Spaß.

„So gefällt mir das", sagte eine Männerstimme heißer. „Du bist ein echtes Luder", fügte der zweite Fremde hinzu. Die Worte stachelten mich zu Höchstleistungen an. Immer wieder im Wechsel wichste und lutschte ich an den dicken Riemen der Männer. Ihre Schwänze schmeckten so lecker. Ich nahm ihre Pimmel so fest in die Hände und drückte ihre Eichel eng zusammen. Dann umspielte ich beide Penisspitzen mit der Zunge.

Der Ältere von beiden trat hinter mich und griff mir mit einem festen Griff an meine Brüste. Er öffnete mir den BH und griff mir dann wieder unter mein Shirt an die blanken Titten. Meine Brustwarzen wurden unheimlich hart. Geschickt zwirbelte er mir die Nippel. Ein leichtes Seufzen kam über meine Lippen.

Der Jüngere von beiden fasste mir derweil zwischen die Beine. Als er meinen Lustknopf mit den Fingern berührte, durchzuckten mich wahre Lustschauer. Er massierte mir meine Klit und fuhr mir auch mit seinen Fingern in meine nasse Muschi. Dabei küsste er mich leidenschaftlich und ich konnte seinen heißen Atmen deutlich spüren. Keuchend wichste er mir weiter über meinen Kitzler.

Mit einer geschickten Bewegung streifte mir der Mann hinter mir das Shirt samt BH vom Oberkörper. Dabei entblößte er meine festen Brüste. Der vordere Kerl saugte sofort an meinen Nippeln. Es war alles so verdorben und schmutzig.

Plötzlich wurde ich von hinten gepackt und kam so wieder auf die Füße. Der Ältere drückte meinen Oberkörper nach vorne. Der Jüngere stütze mich und hielt mir gleichzeitig seinen Penis vor das Gesicht. Ohne zu zögern nahm ich ihn in meinem Mund auf. Er griff mir dabei in die Haare und drückte mich hart gegen sein Glied. Dann bewegt er sein Becken und benutze meinen Mund als Ficköffnung für seinen Penis.

Von hinten konnte ich fühlen wie sich ein dicker Penis meiner Möse nährte. Seine Eichel steckte urplötzlich halb zwischen meinen Schamlippen. Er rieb seinen Penis an meiner Möse und sparte auch nicht meinen Kitzler aus. Es war unbeschreiblich geil. Millimeter für Millimeter arbeitete er sich dabei tiefer in mein Inneres. Ich stöhnte vor Lust.

In meinem Kopf dreht sich alles, kleine Lustexplosionen brachten meine Gedanken komplett durcheinander. Auf der einen Seite waren die ungewohnte gleichzeitige Penetration meiner Möse und meines Mundes und auf der anderen Seite die unanständige Gier und der Reiz des Verbotenen.

Die Fickbewegungen waren für mich zu tiefst befriedigend. Der Mann wusste wie man eine Frau ordentlich fickt. Das musste ich ihm lassen. Ich wusste nicht wie lange er mich von hinten rannahm. Aber es fühlte sich unendlich geil an. Als er noch zusätzlich seine Fingerspitze auf meinen Lustknopf drückte konnte ich mich nicht mehr beherrschen. Ich hatte mich bisher selbst noch nie so unkontrolliert erlebt. Wimmern und Keuchend kam ich zum Orgasmus. Als sich mein Körper beruhigt hatte zog der Mann seinen Penis aus meiner triefenden Möse.

Der jüngere von beiden legte sich auf den Boden und der andere Mann führte mich in die richtige Position. Ich ging in die Hocke und konnte schon die Penisspitze zwischen meinen Schamlippen fühlen. Voller Vorfreude ließ ich mich ganz auf seinen Ständer gleiten. Mühelos verschwand auch sein Penis in mir. Er war deutlich länger als der andere. Dafür aber dünner. Er drang bis an den Rand meiner Gebärmutter in mich ein. So lang und tief fickte er mich nun.

Über mir kam der der andere Mann zu mir. Ohne zu zögern nahm ich seinen Penis in die Hand und wichste ihn. Dieses Gefühl von zwei Männern als Lustobjekt benutzt zu werden war einfach zu geil. Und aus dieser Geilheit heraus kam ich ein weiteres Mal zum Höhepunkt. Der zweite

Orgasmus schien überhaupt nicht enden zu wollen. So heftig kam es mir.

Nach schier endlosen Sekunden konnte ich wieder klarer denken. Beherzt wichste ich nun wieder den Penis in meiner Hand. Auch die Herren sollten nun kommen. Ich wollte ihr Sperma haben. Meine Hand sauste wie wild an seinem Schaft auf und ab. Nach wenigen Augenblicken hatte ich mein Ziel erreicht. Sein Sperma flog mir in einem dicken Strahl entgegen. Er traf mich mitten ins Gesicht. Es war so unheimlich viel. Ich wollte seinen Samen auch schmecken. Ich beugte mich mit dem Gesicht weiter vor. Den zweiten Strahl bekam ich in den Mund. Ich hatte ernsthafte Schwierigkeiten die Menge zu schlucken. Was ich nicht schaffte tropfte mir aus den Mundwinkeln auf die Titten.

Während ich oben eingesaut wurde fickte mich der andere weiter. Aber auch da kündigte sich der Orgasmus bereits an. Bis zum Anschlag rammelte er in mich hinein. Immer schneller und härter. Und dann konnte ich spüren wie er seinen Samen in mir ergoss. Gefühlt musste das auch eine Riesenmenge gewesen sein. So extrem hatte ich den Orgasmus eines Mannes noch nie in mir wahrgenommen.

Als nichts mehr kam stand ich von seinem Penis auf. Meine Möse schloss sich mit einem leisen

Furz. Im gleichen Moment quoll das ganze Sperma aus meiner Pussy heraus. Es hing an meinen Schamlippen und tröpfelte dann auf seinen Penis. Als ich komplett stand, sickerte immer noch Sperma aus mir heraus. Im Prinzip war ich wirklich von unten bis oben besamt worden. Ich bekam mehrere Taschentücher gereicht.

Ich machte mich, soweit es möglich war, frisch und verabschiedete mich von meinen Fickern mit einem Kuss auf den Mund. Dann verließ ich die zwei und stieg zurück ins Auto. Ich sah auf die Uhr meines Wagens und stellte erschrocken fest dass mein Mann mitterlweile zu Hause sein musste. Blieb nur die Hoffnung, dass er nichts bemerken würde.

Der Hochzeitstag

Heute ist unser Hochzeitstag. Ich bin super aufgeregt, da meine Frau mich überraschen will. Als ich aufwachte, war sie schon weg und hinterließ mir nur einen Zettel mit unserem Treffpunkt heute Abend. Darauf stand auch, dass ich einen Smoking tragen soll. Dieser hing schon gebügelt am Schrank.

Um Punkt 18:30 Uhr komme ich nun im Smoking am vereinbarten Treffpunkt an. Meine Frau saß schon an der Bar. Sie trägt ein bodenlanges schwarzes Kleid, was einen sehr tiefen Rückenausschnitt besitzt und auch einen hohen seitlichen Schlitz. Der geht so hoch, dass ich genau sehen kann, dass sie schwarze Nylons trägt, aber keinen Slip.

Ich gehe zu ihr und begrüße Sie mit einem strahlendem Lächeln und einem Kuss auf ihre rechte und linke Wange. „Du siehst sehr gut aus mein Schatz!" raune ich Ihr zu. Und sie zwinkert mich nur an, denn Sie weiß sehr genau, wie Sie auf mich und auch auf andere Männer wirkt.

Ein Kellner kommt zu uns und bringt uns an unseren Tisch. Dort steht schon eine Flasche des besten Rotweins. Wir setzen uns und stoßen auf uns an. Immerhin sind wir jetzt schon 12 Jahre verheiratet. Das haben in unserem Umfeld bisher nur wenige geschafft.

Wir essen und unterhalten uns ganz entspannt. Wobei ich dennoch sehr hippelig bin. Denn ich weiß dass das hier nicht alles sein kann. Aber meine Frau hat die Ruhe weg und genießt es sichtlich das ich auf meinem Stuhl immer unruhiger werde.

Nach dem Essen steht meine Frau plötzlich auf und bedeutet mir das ich Ihr folgen soll. Wir gehen im Restaurant in den hinteren Teil. Dort gibt es noch ein weiteres Zimmer. Dieses ist etwa so groß wie ein kleiner Ballsaal. Es gibt ein Klavier, eine kleine Bar, Tische, Stühle und eine kleine Bühne.

An der Bar steht ein sehr gut aussehender junger Mann. Er trägt eine enge schwarze Hose und eine Fliege. Sonst nichts. Ich muss an mich halten um nicht mit offenem Mund da zu stehen. Ich werde immer aufgeregter und mein Mund wird ganz trocken. Der Typ an der Bar stellt einen Drink hin und lächelt mich an.

„Zieh Dich aus!" befiehlt meine Frau mir. Ich weiß jetzt geht es los. Ich bin so aufgeregt dass ich es kaum schaffe die Knöpfe an meinem Hemd und meiner Hose aufzubekommen. Als ich es nun endlich geschafft habe und Nackt vor meiner Frau und dem Fremden stehe, grinst Sie zufrieden und bedeutet mir mich vor Sie zu knien. Sie verbindet mir die Augen und fixiert meine Hände hinter dem Rücken.

„Heute ist unser Hochzeitstag. Und ich möchte dass du diesen nie vergisst. Du wirst alles tun was ich Dir sage. Verstanden?" „Ja meine Gebieterin", antworte ich. Ich merke schon wie es langsam in meinem Penis zu kribbeln anfängt. Und das obwohl wir noch gar nicht wirklich etwas gemacht haben. Diese ganze Situation ist einfach schon so geil und erotisierend.

Da ich nicht sehen kann, was um mich herum passiert, versuche ich auf die Geräusche zu achten. Allerdings ist das gar nicht so leicht. Der Boden ist mit Teppich verlegt, sodass ich keine Schritte oder sonstiges hören kann.

„Mach deinen Mund auf." Ich gehorche und schon habe ich etwas Weiches im Mund. Als mir klar wird, das das ein Penis ist, den ich da gerade Blase, wird mein eigener Pimmel hart. Das wollte ich schon immer mal machen. Einen anderen Penis hart blasen. Ich gebe mir sehr viel Mühe und es dauert auch nicht lange bis der Penis in meinem Mund zu einer wirklich beachtlichen Größe anschwillt. Und auf einmal ist der geile Pimmel weg. Aber schon drückt sich der nächste schlaffe Penis in meinen Mund. Auch diesen habe ich Ruck Zuck zum harten Riemen gemacht. Da kam noch einer. Gerade als ich mich frage wie viele Schwänze ich denn wohl noch hart blasen werde und was wohl danach geschieht, nimmt meine Frau mir die Augenbinde ab.

Ich muss erst ein paar Mal blinzeln um mich wieder an das Licht zu gewöhnen. Meine Frau hat sich inzwischen ausgezogen. Sie trägt nur noch Ihre Nylons und Ihre Pumps. Um Sie herum standen 3 Typen mit hartem Penis. Das müssen die sein, denen ich den Prügel hart geblasen habe. Aber vor mir standen nochmal 5 Typen, die noch keinen harten hatten. Da wurde mir klar, dass ich wohl hier den Anbläser spiele. Das machte mich noch geiler. Also machte ich mich an die Arbeit und lutschte auch die anderen 5 richtig hart.

„Sehr gut gemacht mein Schatz. Dafür darfst du mir jetzt zuschauen."

Meine Frau geht auf die kleine Bühne und zieht den Vorhang zur Seite. Dahinter befinden sich ein Bett und ein Pranger. Meine Frau zieht mich an den Haaren auf die Beine und ich folge Ihr. Sie bedeutet mir dass ich zum Pranger gehen soll. Ich gehorche natürlich auch dieses Mal und meine Frau schließt mich quasi im Pranger ein. Dieser ist so ausgerichtet, dass ich genau zum Bett schauen kann und auch muss.

Meine Frau geht langsam zum Bett und alle 8 Männer folgen Ihr. Sie stellen sich im Halbkreis um sie herum, immer darauf bedacht dass ich auch alles gut sehen kann. Sie fängt an den Männern die Schwänze nochmal kurz zu blasen und schon steckt der Erste in Ihrer Pussy. Ich kann richtig hören wie nass sie schon ist. Die ersten drei ficken sie von hinten. Die anderen reitet sie und bei den letzten zwei setzt sie sich so auf den Penis das dieser ganz tief in Ihrem Poloch ist und der andere sie in Ihre gierige Spalte ficken kann. Ich kann richtig sehen wir sehr Ihr das gefällt. Vor allem da ich alles beobachten muss und sie meinen glänzenden Penis sieht.

Nachdem sie Ihren zweiten oder dritten Orgasmus hatte steht sie auf und kommt zu mir rüber. „Na mein Schatz, hat dir die Vorstellung gefallen?" „Ja meine Gebieterin." „ Und willst Du auch noch ficken?" „Ja meine Gebieterin. Und wie sehr ich das möchte." „Na das glaub ich Dir. Aber daraus wird heute nichts. Heute wirst auch Du gefickt. Du darfst auch alle Schwänze probieren. Genau wie ich!"

Und kaum dass sie es ausgesprochen hat, setzt der erste schon sein hartes Glied an meinem Hintern an. Da der Penis noch so nass von meiner Frau ist flutscht er ohne Probleme tief in meine ArschPussy. Ich muss so laut stöhnen, das ich Angst habe die Gäste im Restaurant könnten mich hören. Ich hatte ja schon so einiges in meinem Poloch stecken, aber noch nie einen echten Riemen.

Alle 8 Fickschwänze rammten mir ihren Prügel tief in meine Rosette. Und während der ganzen Zeit darf ich meiner Frau und Gebieterin noch die Muschi lecken. Ich merke wie sehr ihr das gefällt. Sie kommt nochmal und ich schmecke Ihren ganzen Muschisaft.

Der letzte Typ fickt mich gerade noch in meinen Fickarsch als sich alle Kerle um mich stellen. Die wichsen alle was das Zeug hält. Der Penis in meiner Rosette fängt an zu Zucken und ich merke wie er sein ganzes Sperma in mich pumpt. „Mach deine MundPussy auf!" Und schon kommt das ganze Sperma. Jeder der 7 spritzt mich voll. Alles klatscht in mein Gesicht. Ich versuche so viel wie nur möglich mit dem Mund aufzufangen und zu schlucken. Das ist einfach der Hammer. Meine Frau stellt sich neben mich und fängt an meinem Penis zu wichsen. „Da Du so brav warst und alles schön geschluckt hast, darfst Du jetzt auch kommen." Und schon spritzt mein ganzes Sperma auf Ihre Hand und auch ein bisschen in mein Gesicht. Sie nimmt Ihre Hand von meinem Penis als ich fertig bin und reicht sie mir zum ablecken.

Meine Frau befreit mich aus dem Pranger und ich bedanke mich mit meinem innigen Kuss bei Ihr.

Das war die geilste Erfahrung die ich bisher je gemacht habe. Und die Typen waren schon wieder verschwunden….

Die Feministin und der Macho

Da war ich also. Auf der langweiligsten Party des ganzen Jahres. Notgedrungen bin ich der Einladung eines Arbeitskollegen gefolgt und befand mich nun auf seiner stinklangweiligen Feier. Die Gäste waren überwiegend Alternative und Ökos. Genau der Schlag Mensch mit dem ich mich normalerweise nicht umgebe. Die Gespräche langweilten mich und das Essen war auch nicht der Hit. Viel zu viel Tofu und Salat und viel zu wenig Fleisch. Nur eine Frau erweckte mein Interesse. Sie hatte lange blonde Haare, ein schönes Gesicht und volle Lippe. Sie sah einfach sexy aus. Unter ihrem Kleid konnte ich wohlgeformte und große Titten erkennen.

Ich ging zielstrebig auf sie zu und sagte „Hallo Süße, wie geht's"? „Sie haben wohl nicht viel Respekt vor Frauen", erwiderte sie barsch. „Respekt? Ich liebe Frauen, besonders wenn sie so schön sind wie sie"! Sie verdrehte nur die Augen und schüttelte dabei leicht den Kopf. „Sie denken auch sie könnten jede Frau haben, oder"? „Aber so ist es doch auch", grinste ich sie an. Daraufhin drehte sie sich um und ließ mich einfach stehen.

Das war mir auch noch nie passiert. Irritiert blieb ich einen Augenblick regungslos stehen. Dann versuchte ich einen zweiten Anlauf. „Ich war unhöflich. Wir sollten nochmal von vorne Anfangen. Mein Name ist Peter. Wie heißen Sie den"? „Mein Name ist Alina Weißer". „Sehr erfreut". Ich wollte sie unbedingt ficken und setzte alles auf einen Frontalangriff. „Kann es sein das sie schon lange nicht mehr gefickt worden sind"? Ihr Kopf wurde knallrot. Wäre dies ein Comic gewesen, dann wäre ihr Dampf aus den Ohren gekommen. „Sie sind total unverschämt"! „Jetzt haben sie sich nicht so, alle wollen ficken". „Ich brauche das nicht"!

„Dann wurde sie noch nie zum Höhepunkt gebumst"! „Ach, und sie könnten das"? „Aber sicher, probieren sie es aus"! Sie zögerte einen Moment. In ihren Augen war Neugierde zu erkennen. Ich hatte sie fast soweit. Das spürte ich. Ich nahm ihre Hand und führte sie zu meinem Schritt. Sie konnte die leichte Beule fühlen. Ich schaute ihr tief in die Augen. „Lassen sie es uns versuchen".

Ohne ein weiteres Wort verließen die Party und gingen zu ihr. Sie wohnte zum Glück nur eine Etage darüber. Schon bei ihr im Flur zog ich sie aus. Ihre Nippel ragten vor Geilheit steif in die Lüfte. Ich leckte daran. Sie stöhnte. Mit meinen Händen griff ich ihr an die Titten. Ihre Brüste waren von Natur aus groß und fest. Genau wie ich es zuvor vermutet hatte. Lustvoll spielte ich an Brustwarzen.

Das erregte mich extrem. Mein Penis wuchs langsam zu einer stattlichen Latte heran. Dann holte ich meinen Johnny aus der Hose. Ich wollte das sie ihn blies. Aber sie sagte: „Sowas ist frauenunwürdig, das mache ich nicht"! Das beindruckte mich nicht wirklich. Ich drückte ihren Kopf nach unten und schob ihr meinen Penis zwischen die Lippen. Widerwillig öffnete sie leicht den Mund und ich benutze sie einfach als Maulhure.

Ich hielt ihr Kopf mit beiden Händen fest und fickte sie in den Mund. Tief und hart schob ich ihr immer wieder mein Teil rein. Sie wurgste und hustete. Aber ich kannte keine Gnade. Aber so richtig wehrte sie sich auch nicht dagegen. Stellte ich fest. Ich hatte sogar das Gefühl das es ihr gefiel.

Ich zog sie nach oben, drehte sie so, daß sie mit dem Arsch zu mir und mit dem Gesicht zur Wand stand. Ich zog ihr grob die Arschbacken zur Seite. Von purer Lust getrieben leckte ich ihre Spalte und das geile Poloch. Sie fing sofort an zu hecheln. Besonders laut wurde sie, als ich mit der Zungenspitze in ihr kleines Poloch rein stieß. Während ich sie dort leckte, wichste ich ihren Kitzler. Sie fuhr voll auf das „Poloch lecken" ab. Ihre Rosette war bestimmt noch jungfräulich gewesen. Aber das störte mich nicht. Ganz im Gegenteil. Es machte mich sogar an. Der

Gedanke, bei ihr der erste Mann zu sein der sie dort leckte, macht mich unheimlich scharf. Ich gab mein bestes um sie zu befriedigen. Es dauert nicht lang und sie schrie mir ihren Orgasmus entgegen.

Dann schob ich ihr hart mein Pimmel in die Möse. Mit einer Bewegung war ich so tief in ihr wie es ging. Mit der Eichel spürte ich, wie ich an ihre Gebärmutter stieß. Meine Eier klatschten bei jedem Stoß lautstark gegen ihre Schenkel. Während ich sie so hart wie ich konnte fickte, drückte ich ihr noch den Daumen in die Rosette. Damit hatte sie wohl nicht gerechnet. Ganz spontan kam es ihr wieder. Erst als das Zucken in ihrer Möse nachließ verlangsamte ich mein Tempo.

Ich zog meinen Pimmel aus Möse und hielt ihr meinen Penis vor den Mund. Bereitwillig nahm sie meinen Penis in den Mund und ich ließ sie ihren eigenen Pussyschleim ablecken. Ich genoß es sehr die Macht über alles zu haben. Und sie spielte brav mit.

Dann drückte ich sie wieder nach vorne und setzte meine Nille an ihrem Poloch an. „Nein"! Versuchte sie sich noch dagegen zu wehren. Aber da war ich schon drin. Wieder ohne Rücksicht bumste ich sie auch in dieses Loch. Ich ließ meinen Pimmel rausrutschen um ihn gleich wieder reinzustecken. Ihr Poloch sah herrlich aus. Ganz geweitet von dem ständigen eindringen klaffte es offen vor mir. Ich variierte ein bißchen. Mal drang ich nur bis zum Ende der Eichel ein und zog ihn wieder raus, dann steckte ich ihn wieder bis zum Anschlag rein.

Mit der rechten Hand griff ich nach ihren langen Haaren, zog sie nach hinten und hielt sie fest. Immer schneller und kräftiger hämmerte ich in Alinas Poloch rein. Dabei fühlte ich wie sich mein Sperma immer weiter nach oben den Weg bahnte. Als ich es nicht mehr zurück halten konnte zog ich raus. Ich drückte ihr meinen Penis ins Gesicht und besamte sie mit allem was ich hatte. Jeden Tropfen schmierte ich ihr ins Gesicht. Dabei versuchte ich so viel wie möglich von ihrem schönen Gesicht zu treffen. Und das gelang mir auch richtig gut. Sie hatte Sperma in den Haaren und ein Auge hatte ich getroffen. Ein dicker Tropfen hing an ihrer Nase. Sie hatte ein perfektes Spermagesicht.

Als ich mit ihr fertig war sah sie mich glücklich an. „So geil wurde ich wirklich noch nie gefickt. Wenn du wieder kannst... Fickst du mich dann bitte nochmal in den Arsch"? Innerlich musste ich grinsen. Ich musste es Alina wirklich gut besorgt haben. Seit diesem Abenteuer treffen wir uns regelmäßig und sie macht wirklich alles mit. Wer hätte das gedacht?

Dominiert

Ich nahm ihn bei der Hand, führte ihn durch die fast dunkle Wohnung direkt in min Schlafzimmer. Ich entzündete ein paar Kerzen, die den Raum in warmes, flackerndes Licht tauchten. Bestimmend schob ich ihn in Richtung Bett. Hier wollte ich ihn für meine Lust benutzen. Solide gebaut, mit vier festen Pfosten an jeder Ecken.

„Zieh' deine Klamotten aus. Ich will dich nackt sehen".

 Ohne Widerrede zog er sein enges Sweatshirt aus. Er trug nichts darunter, seine Brustwarzen standen bereits vor Erregung, wurden dunkelrot, als ich sie zwischen Daumen und Zeigefinger drückte.

Ich schob ihn bestimmend auf das Bett, band eine Schnur um sein linkes Handgelenk, knotete es an den Bettpfosten. Das glatte Material des Seiles rieb unsanft an seiner Haut. Ich fühlte, wie eine gewisse, jedoch noch nicht richtig kontrollierbare Erregung über mich kam.

Ich stieg über seinen Körper, befestigte auch sein rechtes Handgelenk. Ich küsste ihn hart auf die Lippen. Eine ganze Weile zog und streichelte ich im Wechsel über seine Brustwarzen. Dann hob er seinen Arsch in die Höhe, als ich ihm Schuhe und

Socken entfernte. Dann folgte seine Jeans. Nur den Slip ließ ich ihm. Ich band seine Fußgelenke an die beiden unteren Bettpfosten, küsste dann seinen linken Fuß.

Dann ließ ich meine Zunge zwischen seinen Zehen hin und her gleiten. Er wehrte sich zum ersten Mal gegen die Fesseln, legte sich nach kurzem, halbherzigem Bemühen ausgestreckt hin. In seinem Gesicht spiegelte sich wechselnde Empfindungen: geile Erwartung, ein bißchen Unsicherheit, innere Anspannung, etwas Furcht, dann wachsende Begierde. Er drehte sein Gesicht gegen die Wand, schloss die Augen, knabberte erregt an seiner Unterlippe. Ich wanderte mit meinen Lippen längs des Beines aufwärts, hinterließ eine Reihe von Küssen und leichten Bissen.

Meine Reise endete dort, wo seine Haut duftender und weicher wurde. Ich drückte meine Nase in die Beule seiner Shorts, atmete den herben maskulinen Duft ein. Er wurde langsam geiler, sodass er begann, sich keuchend gegen die Fesseln zu sträuben. Schnell zog ich seine Unterhose bis auf die Knie herunter, griff dann nach seinem harten, aufgerichteten Penis. Ich zog die Vorhaut zurück, leckte flüchtig über die Eichel. Er antwortete mit einem leisen Stöhnen. Dabei presste er vorsichtig sein Becken in die Höhe.

Ich leckte seine Nippel, bis sie wieder hart waren. Ich lehnte mich auf ihn, drückte ihn fest gegen die Matratze. Nackt lag er da, keuchend, wehrlos, mit weit gespreizten Gliedern. Ich saugte an seiner Brustwarze. Sein Kopf drehte sich zu mir, seine Augen schauten mich erwartungsvoll an. Ich saugte, leckte und biss nur einmal lustvoll den Nippel. Er zuckte zusammen, aber seine feuchten Lippen zeigten mir an, dass er mich wollte, ebenso wie ich ihn wollte. Ich leckte seine Brust, den Schweiß in seinen Achselhöhlen. Der Duft seines Körpers wandelte sich. Er roch erregend nach Verlangen.

Ich band ihn wieder los. Ich erkannte eine leichte Enttäuschung in seinem Blick.

„Dreh dich um!"

Er drehte sich auf den Bauch. Mit einem Ruck entfernte ich den Slip von seinen Beinen. Nun lag er splitternackt vor mir. Dann fesselte ich ihn wieder an die Bettpfosten. Nicht zu fest, mit genug Spielraum, dass sein Körper nicht völlig gestreckt war, aber doch so, dass er sich nicht losmachen kann.

Ich griff nach einem Ledergürtel, gab ihm einen mäßigen Streich über die Hinterbacken. Er schrie kurz auf. Er hatte nicht mit meinen Hieb gerechnet und hatte ihn nicht kommen sehen.

Aber offensichtlich gefiel es ihm. Ich schob zwei Kissen unter seine Hüften. Sein Arsch ragte exponiert in die Höhe. Ein breiter, roter Streifen zierte jetzt seine Backen. Ich zog seinen Pimmel nach unten, dass ich ihn zwischen seine gespreizten Beine greifen konnte. Als nächstes schlang ich einen schmalen Lederriemen um seine Peniswurzel und seine Eier, band ihn ebenfalls mit etwas Spielraum an das untere Bettgestell.
Mein Lustobjekt war jetzt komplett hilflos. Er war mir ausgeliefert. Ich gab ihm noch ein paar, diesmal etwas festere Hiebe mit dem Gürtel. Sein Arsch hüpfte erregt auf dem Bett auf und ab, doch diesmal zog der Lederriemen bei jeder Bewegung unbarmherzig an seinen Eiern. Das hielt ihn gewaltig im Zaum. Alles, was er noch tun konnte, war daliegen und stöhnen. Mir gefiel es die Macht über ihn zu haben.

Ungefähr zwanzig Schläge hatte er bis jetzt bekommen, und seine Arschbacken zeigte ein gesundes, warmes Rot. Seine Eier erschienen riesig in der engen Schlinge, sein hartes Rohr war schon feucht an der Spitze, die dunkelrot angeschwollen war.

Nun konnte ich es kaum mehr aushalten. Ich warf schnell meine Kleider von mir, ließ aber die Lackstiefel und die Strapse an. Ich steig zu ihm auf das Bett. Schnell kniete ich über ihm, kratze mit meinen Fingerspitzen über seine Brust und seine Flanken. Ich beugte mich vor, presste meine Lippen auf seine, legte mich dann dicht an ihn geschmiegt neben ihn, ein Bein zwischen seinen Schenkeln, meine Hand auf seinem Rücken. Ich streichelte seinen Körper, befingerte seine Eier, sein Poloch, streichelte sein gewaltiges Teil. Ich löste seine Fesseln, drehte ihn herum, band ihn dann wieder an die Bettpfosten. Sein Gesicht war vor Erregung gerötet, seine weit geöffneten Augen blickten mich erwartungsvoll an.

Ich kletterte auf seiner Brust, rieb meine Möse an ihm. Dann rutschte ich bis zu seinem Gesicht hoch. Meine Pussy ragte nun fast in sein Gesicht, und er strengte sich an, sie mit dem Mund zu berühren. Ich drückte meine nasse Möse in Richtung seiner ausgestreckten Zunge. Sein Mund war geöffnet, seine Zunge ragte mir leckbereit entgegen. Ich presste ihm meine Pussy ins Gesicht und rieb sie ihm über seine Zunge, seine Lippen und seine Nase. Großzügig verteilte ich meinen Mösensaft.

Ich ließ ihn meine nasse, warme und geile Hitze spüren. Ich wusste, er wollte sie mit der Zunge berühren, mich lecken und schmecken, aber ich ließ ihn noch eine ganze Weile zappeln. Mein Pussysaft hinterließ auf seinen Wangen feuchte Spuren.

Ich bewegte meine Becken, rieb meine Pussy über sein ganzes Gesicht, hob meinen Körper dann etwas an. Sein Kinn drückte sich in mein Loch. Ich bewegte mich aufwärts, bis mein Poloch über seinem Mund pendelte, rieb es ihm dann ebenfalls über sein Kinn. Sein Mund öffnete sich wieder, seine hungrige Zunge leckte über meine Rosette. Sein Kopf bewegte sich hin und her, abwechselnd berührte seine Zunge und seine Nase mein Poloch.

Ich ließ ihn die Wärme zwischen meinen Schenkeln spüren. Er konnte den Duft meiner heißen Möse riechen, den Geschmack aus der feuchten Ritze zwischen meinen Beinen wahrnehmen. Ich drückte mein weitgeöffnetes Loch fest gegen seine Lippen.

„Du darfst mich jetzt lecken!"

Er öffnete schnell seinen Mund, berührte eine meiner Schamlippen mit den Lippen, saugte sie gierig in seinen Mund. Dann ließ er sie frei, nahm die andere.

„Jetzt den Kitzler!", befahl ich ihm schroff

Sperrangelweit öffnet er seinen Mund, nahm meinen Kitzler zwischen die Lippen und saugte daran. Ich lehne mich vor, drückte ihm meine nasse Pussy entgegen. Wieder ließ ich dabei mein Becken kreisen.

„Leck sie! Leck sie richtig gut! Dann bekommst du später vielleicht mehr davon", sagte ich zu ihm. Ich stöhne vor Lust, halte seinen Kopf in beiden Händen. „Ja. Mach' weiter."

Er schleckte angeregt meinen Kitzler, knabberte lustvoll an meinen Schamlippen. Ich war selbst schon ziemlich geil, ich genoss in diesem Augenblick sein Tun. Aber er war immer noch unter meiner Kontrolle, achtete und befolgte meine Anweisungen. Ich wichste angeregt meinen Lustknopf, ließ meine Pussy von ihm verwöhnen. Mein Kopf lag in meinem Nacken. Ich stöhnte.

Ich setzte mich auf seinen Bauch, meine Möse entglitt seinem Mund. Ich drehte mich um, rückte nach hinten, bis mein Arsch auf seinem Gesicht lag. Seine Nase war in meiner heißen, verschwitzten Poritze begraben. Ich fühlte, wie sein Mund sich öffnete, seine Zunge die Konturen meines Polochs erkundeten. Er küsste meine Rosette, seine Zunge glitt entlang der Ritze, seine Nase durchquert die schweißduftende Strecke. Nun rammte er seine Zunge in meinen engen Schacht, machte meinen Schließmuskel weich und glitschig.

Mein Körper presste zurück, die Zunge drang tiefer ein. Mein Unterleib kreiste, meine Hinterbacken rieben über sein Gesicht. Seine Zunge fickte meinen Lustkanal. Ich lehnte mich vor, löste seine Fußfesseln, hob seine Beine an, griff unter seine prallen Arschbacken, liftete sie vom Bett. Seine Beine spreizten sich wie von selbst. Gierig leckte ich seine Eier, beugte mich noch weiter vor, hob ihn noch mehr, bis mein Mund seine enge Rosette erreichte. Sie fühlte sich heiß und geil an, meine Zunge hatte kaum Schwierigkeiten, einzudringen. Ein Zucken durchlief seinen Körper, sein Gesicht rieb sich in meiner Arschritze, meine Zunge macht seinen Hintereingang feucht und glitschig.

Ich hörte wieder auf. Er lag schwer atmend da, konnte es kaum aushalten. Sein Schwengel hatte sich zu einer ungeheuren Größe erhoben. Er wollte mich endlich ficken, meine Enge spüren, aber ich hatte anderes mit ihm vor. Ich stand auf, sah auf ihn herunter. Mein Atem ging schnell und rasselnd. Schweiß tropfte von meiner Stirn. Ich ergriff seine Füße, hob sie über seinen Kopf und band sie an dieselben Pfosten wie seine Handgelenke. Die Lage war für ihn anstrengend, sein Arsch ragt exponiert in die Luft, seine Eier pendeln prall und lose zwischen seinen Schenkeln.

Ich überließ in für einen kurzen Augenblick seinem Schicksal und begab mich zu meinem

Schrank. Mein Strapon lag dort stets griffbereit. In seinem Blick war deutlich die Überraschung zu erkennen, während ich den Kunstpimmel umschnallte.

Plötzlich war mein schweißglänzender Körper über ihm. Ich war so erregt, dass ich mich seufzen und stöhnen hörte und ihn damit ansteckte. Sein harter Pimmel streifte meine Brust. Ich roch den männlichen, maskulinen Duft seines Gliedes. Meine Zunge berührte seine Eichel, meine Arme umschlangen seine Taille. Ich legte meinen Kopf gegen die Rückseite seiner Oberschenkel. Meine Zunge glitt einige Male durch seine Arschritze und über seinen Arsch, dabei wichste ich ihm spielerisch über die gesamte Länge seines Gliedes.

Ich griff in die Schublade meines Nachtisches und holte die Gleitcreme hervor. Im nächsten Moment fühlte die kalte Gleitcreme an seinem vor Erregung zitternden Loch. Seine Arschbacken wurden auseinander gezogen. Er fühlte meinen Finger sinnlich in sein Loch gleiten, hinein bis zu den Knöcheln. Er konnte sich kaum noch zurückhalten, hob mir seinen Arsch entgegen, stöhnte laut und lustvoll. Ich ließ ihn aber noch nicht kommen.

Meine flache Hand klatschte mehrfach auf seine Arschbacken. Mein Finger steckte immer noch in seinem Poloch, erzeugte durch meine rhythmischen Bewegungen geile Empfindungen in ihm. Ich spielte dabei mit seinem Penis, umschloss ihn hart mit den Fingern, zog die Vorhaut so weit zurück, wie es eben nur möglich ist. Dann spuckte ich in meine Handfläche, rieb mit beiden Händen seinen Pimmel.

Erneut begann er laut zu stöhnen, seine Eichel wurde ganz glitschig von abgesonderten Vortropfen. Sein Körper vibrierte, als ich die Tropfen seines Liebessaftes an meinen Brüsten verrieb.

„Komm, besorg es mir, zeig's mir richtig..."

Seine Stimme klang fast heiser. Bittend sah er mich an, zerrte verzweifelt an seinen Fesseln. Sein angespannter Arsch war ein Gedicht. Ich massierte fest die prallen Hinterbacken, wichste seinen harten Penis. Gekonnt leckte ich die Pospalte, durchfuhr sie lustvoll mit der Zunge.

Er schnaubte wieder heftiger, er hob sich etwas, um näher an meinen Mund zu kommen. Ich zog die Backen auseinander, tauchte tiefer in die einladende Furche, leckte und saugte die rosige Rosette, machte sie glänzend vor Speichel, weich, nachgiebig, glitschig.

„Ja..., leck mich..."

Er war nur noch Penis und Arsch für mich. Meine Zunge bohrte sich nun in den Schließmuskel, wirbelte in seinem Darm, erschütterte den muskulösen Körper in seinen Grundfesten. Schweiß war in ganzen Perlen auf seiner Haut zu sehen, Muskeln zuckten unkontrolliert. Mein Umschnalldildo streifte seine Oberschenkel, brachte sich in Erinnerung.

„Jetzt wirst du gefickt..."

Der Kerl war so weg getreten, er schien mich nicht zu verstehen. Ich schüttelte ihn mit der Hand auf seinem Schamhügel und gab seinem Pimmel mehrere Klapse. Erschrocken blickte er mich an.

„Soll ich meinen Dildo in dich schieben, dich gründlich durchficken?"

Deutlicher nun meine Frage. Er nickte nur leicht. „Bums mich richtig durch, gib's mir. Ich brauche jetzt deinen Strapon im Arsch."

Seine Rosette lachte mich förmlich an. Seine roten Hinterbacken lagen verlockend auseinander. „Nur jetzt nicht die Beherrschung verlieren", dachte ich leise. Ich rieb mein Rohr mit Creme ein, glitt durch die feuchte Ritze, drängte es hart gegen die weich geleckte Öffnung. Mit einem Ruck schob ich meine Hüften vor. Sein Schließmuskel öffnete sich problemlos und meine Eichel drang in den engen Schacht. Ich wartete einige Sekunden, bis sich die Rosette an die Größe gewöhnt hatte. Sein Körper zitterte vor Erwartung, wollte mich endlich intensiv fühlen. Er kam mir etwas entgegen, so dass mein Kunstpimmel weiter eindrang.

Ich ergriff seine Hüften, drückte mich gegen ihn und steckte nun halb in ihm. Ich traf auf einen leichten Widerstand, versuchte eine etwas andere Richtung, schlüpfte voll in seinen ungeduldig wartenden Darm. Bei meinen ersten festen Stoß begann er wieder zu keuchen.

„Fester..."

Er wollte es offenbar härter, leidenschaftlicher. Ich vergaß meine momentane Rücksicht, rammte den KunstPenis tief in ihn hinein, wieder und wieder, bei jedem Stoß fester, rücksichtsloser, tiefer. Er schien in einer anderen Welt abzugleiten. Ich fand einen schnellen Takt, geriet selbst in eine Art Trance. Ich hätte ihn in diesem Augenblick ewig ficken können. Meine Hände griffen zwischen seine Schenkel. Sein Penis war härter als jemals zuvor, pulsierte in meiner Hand.

„Ahhh...Ich kann nicht mehr, mir kommt's..."

Meine Hand war sofort an seinem Penis, spürte das Zucken des kräftigen Schwengels und wurde augenblicklich gefüllt mit Strömen seiner herausschießenden Sahne. Er besamte meine ganze Hand. Meine Finger waren voll mit seinem Saft. Es duftete im Raum nach seinem Sperma. Schnell zog ich meinen Dildo heraus und beugte mich zu ihm nach vorne.

„Mach deinen Mund weit auf". Wieder war da der erschrockene Blick. Aber er folgte meinem befehlt. Ich stopfte ihm die Spermafinger direkt in den Mund und ließ ihn seinen eigenen Samen ablecken. Er zögerte keinen Moment. Ich war stolz auf meinen kleinen Lustsklaven.

Der fremde Mann im Hotel

Wir betraten gemeinsam die Hotelhalle. Es war kurz vor 20:00 Uhr. Die nervöse Anspannung war meiner Frau deutlich anzumerken. Nach 25 Jahren Ehe hatte sie sich das verdient und ich gönnte es ihr auch. "Wir heißen Müller, wir haben ein Zimmer reserviert". "Oh ja, hier sehe ich Sie schon. Ihr Gast ist bereits da", sagte die junge Hotelangestellte. Meine Frau und ich wechselten einen Blick. Immer noch war ihr die Unsicherheit anzumerken. Doch wir hatten im Vorfeld ausführlich über alles gesprochen und es war letztendlich ihr Wunsch gewesen.

Wir nahmen den Zweitschlüssel für das Zimmer entgegen und warteten dann auf den Aufzug. Gepäck hatten wir nicht dabei. Schliesslich brauchten wir das Zimmer nur für einige Stunden. Ich begleitete meine Frau in den 5. Stock, Zimmer 511. Die Tür stand einen Spaltbreit auf. Ich betrat zuerst den dunklen Raum. Als sich meine Augen an das Dunkel gewöhnt hatten, sah ich jemanden auf der Bettkante sitzen.

Auf dem Bett saß unser junger Besucher. Über eine Sexplattform im Internet hatten wir ihn kennengelernt und dieses Date vereinbart.

Als Susanne und ich uns damals kennengelernt hatten war sie zarte 17 Jahre alt gewesen. Ich war ihr erster und bisher auch einziger Mann im Bett gewesen. Jetzt mit Mitte 40 reizte es sie, auch mal eine andere Erfahrung beim Sex zu machen. Einen fremden Mann zu haben, einen anderen Penis zu blasen und wie es ist, einen neuen Mann in sich zu spüren.

Ein anderer Ehemann wäre bei diesem Thema vielleicht komplett ausgerastet. Es fiel mir anfangs auch nicht leicht diesen Wunsch zu akzeptieren. Aber ihre Offenheit und ihre Ehrlichkeit halfen mir dabei das zu verstehen. Eine andere Frau wäre einfach fremdgegangen. So war es schon besser. Wir einigten uns darauf dies einmal auszuprobieren, unter der Bedingung, dass ich in der Nähe bleiben dürfte.

Wir hatten das Zimmer so gewählt, dass es am Ende des Flurs lag. Auf dem Gang war ein gemütlicher Sessel, den ich mir für später bereits als Sitzgelegenheit auserkoren hatte. Unsere Augen gewöhnten sich rasch an das schummrige Licht. „Hallo", sagte der junge Mann mit etwas heißerer Stimme. Ich erwiderte seine Begrüßung und Susanne gab ihm zur Begrüßung einen Kuss.

Es folgte ein kurzer Smalltalk über alles möglich. Schnell war klar, das Marco, so hieß der junge Mann, genau der Richtige für unser erstes Mal war. Er war freundlich, respektvoll und hatte eine angenehme Art. Allerdings hatte ihn meine Frau zuvor unter anderen Aspekten ausgewählt. Marco war auch sportlich gebaut, hatte schöne blaue Augen und war großzügig tätowiert. Was sie aber am meisten reizte war die Größe seines Pimmels. Auf den Bildern im Internet sah er wirklich mächtig aus.

Langsam kam der Zeitpunkt für mich auf den Flur zu verschwinden und den Beiden ihren Spaß zu lassen. Ein Teil unseres Deals war es, die Zimmertüre die ganze Zeit einen Spalt offen zu lassen. Quasi für Notfälle oder ähnliches.

Als ich das Zimmer verlassen hatte, blickte ich noch einmal durch den offenen Spalt. Es war draußen mittlerweile völlig dunkel. Doch der Mond schien sehr hell durch das Fenster und man konnte im Raum recht viel erkennen.

Ich setzte mich auf den Stuhl und versuchte in einem mitgebrachten Buch zu lesen. Von Innen konnte ich die beiden leise Sprechen hören. Leider verstand ich davon kein Wort. Unruhig rutschte ich auf meinem Stuhl hin und her. Die Neugierde plagte mich sehr. Ich hatte es mir deutlich leichter vorgestellt zu warten. Doch die Realität war nun eine andere.

Nach einigen Minuten hielt ich es auf dem Sessel nicht mehr aus. Leise schlich ich zum Türspalt. Zum Glück schluckte der dicke Teppichboden meine Schritte und ich konnte mich unbemerkt anschleichen. Dank des Mondes konnte ich die Zwei in einiger Entfernung sehen. Sie standen neben dem Bett und küssten sich.

Eine Mischung aus Neid, Eifersucht und Lust durchströmte meinen Körper. Marco küsste meine Frau auf die Lippen, wanderte weiter zu ihrem Hals. Seine Hände lagen dabei auf ihren Brüsten. Susanne umarmte ihn dabei zärtlich. Selbst vor der Türe konnte ich die aufgeheizte Stimmung im Raum spüren.

Marco ging vor meiner Frau auf die Knie. Er öffnete den Reißverschluss ihres Rocks und zog ihn ihr runter. Sie stand nun mit ihrer blanken Muschi vor ihm. Susanne hatte zwar darauf bestanden, für den Abend ihre Strapse zu tragen, hatte aber auf ihren Slip verzichtet. Das Gesicht ihres jungen Lovers war direkt vor ihrer Pussy. Bisher war nur ich in den Genuß gekommen sie so zu sehen. Wieder kehrte das Gefühl von Eifersucht zurück. Doch zu meiner eigenen Überraschung spürte ich auch meinen eigenen Penis härter werden.
Das Licht reichte perfekt aus um die Szene genau zu beobachten. Er legte seine Hände auf ihren Arsch und zog sie näher zu sich heran. Ich konnte sehen wie er den Duft ihrer Muschi einatmete. Er holte tief Lust. Susanne drückte ihm ihr Unterleib fordernd entgegen. Marco verstand ihre

Aufforderung. Seine Zunge fing an sie zwischen den Schenkeln zu lecken. Meine Frau legte ihre Hände auf seinen Kopf und zog ihn sanft zu sich heran. Ich kannte das von ihr. Das Gleiche tat sie auch bei mir, damit meine Zunge tiefer in sie eindringen konnte.

Susanne legte den Kopf in den Nacken und begann schwerer zu atmen. Ganz offensicht gefiel ihr das. Marco leckte sie mit wahrer Begeisterung. Und aus dem schweren Atmen wurde ein lautes Stöhnen. Er leckte immer weiter und massierte ihr dabei die Pobacken. Gebannt sah ich zu, wie Susanne das erste Mal an diesem Abend kam.

Es dauerte einige Zeit bis sie wieder aufrecht stehen konnte. Marco stand auf und sie küsste ihn leidenschaftlich mit der Zunge. Während sie knutschend vor dem Bett standen, öffnete ihm meine Frau die Jeans. Sie zerrte an ihr, bis sie schliesslich zu Boden fiel. Er öffnete dabei sein Hemd und warf es achtlos zu Boden. Auch er trug keine Unterhose. Von meinem Versteck aus konnte ich erkennen das Marco bereits eine Erektion hatte. Und die Erektion sah wirklich nicht klein aus.

Er nahm meine Ehefrau auf die Arme und trug sie ins Bett. Susanne lag mit dem Rücken auf der Matratze und er legte sich verkehrt rum über sie. Sein Kopf lag zwischen den Beinen meiner Frau und erneut fing er an sie zu lecken. Sein praller Penis schwebte direkt vor Susannes Mund. Ohne ein Zögern nahm sie ihn zwischen die Lippen und fing an zu blasen.

Ich konnte meine Augen nicht abwenden. Meine eigene Lust wuchs von Minute zu Minute. Ohne es bewusst wahr zu nehmen hatte ich meinen Penis aus der Hose geholt und wichste ihn. Er stand auch schon mit seiner vollen Pracht. Es kam mir ein wenig so vor, als würde ich einen Pornofilm anschauen, in dem meine Frau die Hauptrolle hatte.

Die beiden verwöhnten sich gegenseitig mit der Zunge und den Lippen. Er leckte gierig ihren Kitzler und stimulierte mit den Fingern ihren G-Punkt. Sie massierte seinen Schaft mit der Hand, saugte an seinen dicken Eiern und liebkoste seine Eichel mit der Zungenspitze. Die Szene war außerordentlich erotisch.

Susanne kam beim Oralverkehr immer besonders schnell. Darum wunderte es mich nicht, dass sie in kürzester Zeit zum zweiten Mal kam. Während sie kam nahm sie seinen Penis besonders tief in den Mund. Ihr Keuchen war so nur gedämpft zu hören. Ich hatte kurz das Gefühl sie würde seinen Penis verschlucken.

Jetzt stand Marco auf und legte sich selbst mit dem Rücken auf das Bett. Dabei zog er Susanne mit sich. Sie saß nun auf ihm. Seine Hände waren auf ihren Brüsten. Meine Frau suchte zwischen ihren Schenkeln nach seinem Penis und dirigierte ihn zu ihrer Muschi. Aus Erfahrung wusste ich, dass Susanne nach einem Orgasmus immer klitschnass war. Ein Penis, egal ob meiner oder ein fremder, konnte so mühelos in ihre Muschi eindringen.

Und so war es auch. Kaum das sie die richtige Stelle getroffen hatte, rutschte sein Penis in einer Bewegung in sie hinein. Susanne stöhnte auf. „Dein Penis fühlt sich so gut an. Fick mich jetzt bitte", stöhnte sie mehr als sie sprach. „Ich liebe deine nasse Muschi", stöhnte der junge Mann zurück. Sofort fing er an seinen Unterleib rhythmisch auf und ab zu schaukeln. Dabei klatschten seine Hoden gegen die Arschbacken meiner Frau.

Beide stöhnten ihre Lust laut hinaus. Ohne nur einen Moment weg zu schauen sah ich den beiden weiter zu. Ich rubbelte meinen Schaft und wäre beinahe dabei gekommen. Aber ich wollte mir meinen eigenen Orgasmus bis zum Schluß aufheben.

Susanne stieg von ihrem Liebhaber ab und begab sich auf alle Viere. Sofort war er wieder hinter ihr.

Er biss ihr leicht in die Pobacken und knetete sie. Dann schob er seinen langen Riemen bis zum Anschlag hinein. Wie ein gut geölter Kolben fuhr er immer wieder tief in das Loch meiner Ehefrau. Susanne hatte inzwischen ihre Hand zwischen den Beinen. Ich konnte sehen wie sie dabei ihren Kitzler wichste. Das war ihre Lieblingsstellung.

Die beiden bewegten sich im perfekten Einklang, ganz so, als wären sie ein eingespieltes Liebespaar. Susannes keuchen wurde wieder intensiver. Marco bewegte jetzt seine Hüpfte schneller. Die Finger meiner Frau wirbelten an ihrem Lustknopf. Sie bewegte ihr Becken im gleichen Takt mit. Innerhalb weniger Sekunden hatte sie ihren dritten Höhepunkt gehabt. Bis ihr Orgasmus verebbt war, fickte Marco sie weiter. „Der Junge hatte eine bemerkenswerte Ausdauer", dachte ich.

Es dauerte eine Weile bis sich Susanne wieder gesammelt hatte. Ihr Kopf war nun ganz in ein Kissen vergraben und Marco besorgte es ihr immer noch von hinten. Nur leise konnte ich jetzt ihr Keuchen hören. Dafür wurde er immer lauter. Seine Bewegungen wurden zusehends schneller und hektischer. Marco stöhnte mit jedem Stoß mit. Als es schneller nicht mehr ging, zog er seinen Penis aus ihrem Loch. Im selben Augenblick schoss es schon aus ihm heraus. Sein

Sperma flog im hohen Bogen und verteilte sich auf dem Arsch und dem Rücken meiner Frau.

Selbst aus meinem Versteck heraus konnte ich sehen, dass es eine ordentliche Portion Sahne war. Noch nie zuvor hatte ich so eine Menge Sperma gesehen. Als der letzte Tropfen kam rieb er zum Abschluss genüsslich mit seinem Glied an ihren Pobacken und ließ ihn noch einmal zwischen ihren Schamlippen verschwinden.

Genau in diesem Moment kam es auch mir. Ich musste mein Keuchen unterdrückten, denn schliesslich wollte ich ja unbemerkt bleiben. Tropfen für Tropfen ergoss ich mich auf dem Teppichboden des Hotels.

Ich schlich mich vorsichtig zurück und setzte mich wieder auf den Sessel. Es vergingen einige Minuten, dann tauchte meine Frau auf. Sie trug den Hotelbademantel, hatte ihn aber nicht verschlossen. Ihre sexy Titten baumelten verführerisch und ich konnte ihre frischgefickte Muschi sehen. „Schatz, das war herrlich", sagte sie lächelnd zu mir, „Wir wollen nochmal ficken... Möchtest du nicht mitmachen?"

Ohne weiter darüber nachzudenken stand ich auf und folgte ihr in das Zimmer.

Davids Mutter

Wenn Davids Mama geil war, ließ sie nichts anbrennen. So saß sie bei sich im Wohnzimmer auf dem Sofa und hatte eines ihrer sexy Outfits an. Sie trug eine Lack Korsage und dazu passende Nylon Strümpfe. Die Korsage war oben frei, so dass ihr großer Naturbusen zu sehen war. Mit der einen Hand schob sie sich gerade ihren Lieblingsdildo in die Möse und mit der anderen Hand bediente sie ihren Analdildo. Sie liebte es beide Löcher gestopft zu bekommen.

Ich hatte schon ein paar Mal Sex mit der Mutter meines besten Kumpels. Er wusste davon natürlich nichts. Das hätte ihn vermutlich ziemlich aufgeregt. Aber was er nicht weiß macht ihn nicht heiß. Darum bekam ich hin und wieder eine diskrete SMS von seiner Mum wenn er nicht zu Hause war. Und so war es auch heute gewesen: „Komm schnell, bin geil. Die Türe ist offen". Das ließ ich mir natürlich nicht zweimal sagen. Sofort stieg ich auf mein Fahrrad und war in kürzester Zeit da.

Ich kam durch die Hintertür des Hauses hinein und hörte bereits das wilde Keuchen aus dem Wohnzimmer. Leise und ganz unauffällig schaute ich ins Wohnzimmer. Der Anblick der wichsenden Mutter machte mich augenblicklich geil. Meine Hose fing sofort an zu spannen. Neugierig blickte ich weiter durch den geöffneten Türspalt. Ich schaute sie an, ihren herrlichen Körper, die langen blonden Haare. Ihre vollen Brüste, die gekrönt werden von prall aufragenden Knospen.

Ich befreite meinen Penis aus der engen Hose. Ich hatte bereits eine Erektion. Mein Blick war auf die geile Mutti gerichtet. Instinktiv griff ich mir an den Penis und fing an ihn zu wichsen. Die Berührungen taten gut und ich musste stöhnen. Mein Keuchen blieb von Davids Mama nicht unbemerkt. Erschrocken sah sie zur Tür. Als sie mich wichsenden sah freute sie sich. Mit einer einladenden Geste winkte sie mich herein.

Voller Vorfreude kam ich mit dem Penis in der Hand ins Zimmer. Davids Mutter lag weiterhin in dieser geilen Pose vor ihm. Die Dildos steckten noch in ihrer rasierten Möse und in ihrem Poloch. Ihre fleischigen Schamlippen schlossen sich fest um den Dildo. Ihr analer Liebesdiener steckte bis zum Anschlag in ihrem Loch.

In meinen Eiern fing es zu kochen an. Mein Penis schwoll weiter an. Ich hatte das Gefühl das mein Pimmel noch größer wurde als sonst. Ich ging zu seiner Mutter und die nahm meinen Penis in die Hände. Ihre Finger glitten an meinem sich aufrichtenden Liebesstab auf und ab. Immer so weit bis meine Eichel blank und prall aufragt.

Ich genoss ihre Berührungen über alles. Aber es kam noch schöner. Sie öffnete ihren Mund und stülpte ihre vollen Lippen über meine Eichel. So mag sie meinen Fickriemen am liebsten. Hart prall und zum bersten gespannt. Wenn ich vor ihr stehe und mein Penis so ist, bläst sie ihn mit vergnügen. „Seine Mama kann einfach am besten Blasen", dachte ich leise.

Wir beiden wechselten in die 69er Stellung. Ich lag dabei über ihr. Während Davids Mutter meinen Pimmel verwöhnte, fickte ich sie weiter mit dem Dildo. Ihre feuchte heiße Muschi senkt sich über meinem Kopf. Leidenschaftlich ließ ich die Vibratoren in ihrem heißen, feuchten Loch verschwinden. Ich schob beide Dildos gleichzeitig in ihren gierigen Löchern und besorgte es ihr mit aller Kraft.

Davids Mama liebte die doppelte Penetration. Wie zwei gut geschmierte Kolben glitten die Teile rein und raus. Begleitet wurde das Ganze von dem schmatzen ihre nassen Pussy und ihrem lustvollen Keuchen. Getrieben von ihrer Lust leckte sie an meinem Penis. Ich lag ihrer Öffnung, leckte den auslaufenden Saft von unten nach oben, bis zum Kitzler und saugte an ihrem Liebesknopf.

Sie stöhnte auf und fing an meine Eier zu kneten. Ihre Reaktion zeigte mir, wie Sie genoss von

meiner Zunge verwöhnt zu werden. Mal langsamer, mal schneller.
Sie umklammerte meinen Penis fest mit der Hand und hatte ihren Mund weit geöffnet. Ich übernahm das Ruder und fing an, sie mit meinen Penis in den Mund zu ficken. Mein Becken bewegte sich rhythmisch. Ihre Lippen schlossen sich fest um meinen Schaft. Sie tat das mit einer solchen Leidenschaft, daß ich um ein Haar in ihrem Mund gekommen wäre. Doch ich wollte sie unbedingt noch ficken. Darum zog ich mein Teil aus ihrem Mund und widmete mich wieder ihren Dildos.

Mit voller Leidenschaft stopfte ich ihr die Löcher. Das Stöhnen seiner Mutter ging langsam in ein Schreien über. Das war immer ein erstes Anzeichen dafür, daß ihr Orgasmus kurz davor stand. Immer flotter ließ ich die künstlichen Pimmel rein und raus flutschen.

Das war zu viel für sie. Sie kam schnell zu ihrem ersten Orgasmus. Lautschreiend ließ sie ihrer Lust freien Lauf. Ihr ganzer Körper fing an zu beben. Die Brustwarzen zogen sich zusammen und ragten steil nach oben. Ihre Finger krallten sich in das Sofa. So gewaltig war Davids Mama schon lange nicht mehr gekommen.

Dann zog ich die Dildos aus den Löchern. Mit zitterigen Beinen wechselten sie die Stellung. Sie kniete auf allen Vieren vor mir. Ich nahm ihren Arsch in die Hand, spreizte ihre Backen und leckte nochmal ihr Spalte hoch bis zum Poloch, was sich beim berühren meiner Zunge öffnete. Ich leckte es mit Wonne.

Ich nahm meinen Penis und setzte ihn am Loch seiner Mutter an. Mit meiner Penisspitze umkreiste ich ihren Liebesknopf. Sie war unglaublich nass. Immer noch den Penis in der Hand spielte ich mit meiner Penisspitze an ihren intimen Stellen herum. Ich ließ meine Eichel wenige Millimeter in ihre Muschi eintauchen und zog ihn dann wieder raus. Das gleiche Spiel wiederholte ich mit ihrem Poloch. Wie eine läufige Hündin kreiste sie dabei mit ihrem Hintern. Ich wusste, daß sie jetzt von mir gefickt werden wollte.

Sie bettelte mich an: „Fick mich, los, fick mich endlich". Mir ging es ja nicht anders. Ihre Möse war bereit und total nass. Ich setzte meine Eichel an ihrem Loch an. Mein Penis glitt einfach in sie hinein. In einem Rutsch drang ich in sie ein. Ich bumste sie von hinten. Ihre Titten schaukelten im Takt meiner Stöße. Doggystyle war meine Lieblingsstellung. Während ich Davids Mama von hinten bumste, hatte ich auch freie Sicht auf ihr rosa Poloch. Es schimmerte feucht und wartete schon voller Sehnsucht auf meinen Penis.

In dieser Stellung wichste sie sich gerne selbst den Kitzler. Die Kombination aus Selbststimulation und gefickt werden, brachte Davids Mama immer an den Rand des Wahnsinns. Ich ließ meiner Lust freien Lauf und fickte sie nach Strich und Faden durch. Mal drang ich hart und tief in sie ein, fickte sie schneller und dann wieder langsamer. Ich genoss es sehr in ihr zu sein. Und sie fachte mich immer wieder mit ihrem Stöhnen an.

Bedingungslos rammte ich ihr meinen Penis in das nasse Loch hinein. Während ich mein Tempo anzog, rubbelten ihre Finger über Ihren Lustknopf. Immer schneller bewegten sich beide. In der Luft war der typisch Geruch von Schweiß und Sex zu vernehmen. Ihre Hand erreichte Rekordgeschwindigkeit und ich trieb ihr Erbarmungslos den Penis in die Möse.

Wieder ging ihr Keuchen in einen schrillen Schrei über. Während sie immer Lauter wurde, fickte ich sie noch härter von hinten. Jetzt übernahm sie das Tempo. Sie fickte meinen Penis richtig wild und hart, stöhnte immer lauter, schneller.
Ihr Körper fing an zu zittern und ich spürte das Zucken in ihrer Möse. Dabei stöhnte ich mit ihr. Ich griff ihr an die Titten und zwirbelte an ihren Nippeln. Dabei stöhnte sie noch lauter. Sie kam ein zweites Mal zum Höhepunkt. Ich hatte das

Gefühl das jetzt das komplette Sofa mit vibrierte. So intensiv war ihr Orgasmus gewesen.

Ich zog meinen Penis raus und ihr Mösensaft spritzte mir entgegen. Es tropfte nur noch aus ihr heraus. Tropfend landet ihr Saft auf meinen Penis. Ich verteilte den Mösensaft auf meinen Pimmel und steckte ihn stattdessen in ihr enges Poloch. Ich liebe es die Mama von David ins Poloch zu ficken. Das machte mir immer total viel Spaß. Ihre Rosette war richtig eng. Ich drückte mit meiner Eichel dagegen. Sie leistete leichten Widerstand. Doch dann öffnete sie sich und ich konnte ungehindert in sie eindringen. Mein Penis war noch voll mit ihrem Mösensaft. Mühelos schob ich meinen Penis tiefer in ihr Poloch. Ich stoße mit meinem Fickriemen in ihr enges Poloch. Tief und hart treibe ich ihr meinen Penis rein, halte ihre Brüste ganz fest und drücke ihre Hüften gegen mein Becken.

Sie begann erneut mit Stöhnen. Ganz langsam zog ich ihr ihn wieder raus, dabei zuckte und stöhnte Sie noch gierig weiter. Sie war auch so eine geile Analstute. Ich presste mein Becken fest gegen den Hintern seiner Mutter. Ich war jetzt wieder ganz tief drin in ihr. Die wollige Wärme und die Enge ihres Polochs waren einfach zu gut. Lange konnte ich sie nicht in die Rosette ficken. Das machte mich einfach zu geil.

Ich bewegte mich vorsichtig hin und her. Schon nach wenigen Sekunden stand mir das Sperma bis zur Penisspitze. Es kam mir, ich spritzte mein ganzes Sperma in ihren Schokokanal. Jeden Tropfen entlud ich ihn ihr. Es dauerte einige Zeit bis ich mit besamen fertig war.

Ich zog mein Penis aus dem überfüllten Loch und schob ihn ihr in ihre nasse zuckende Pussy. Als sich die Rosette wieder zusammen zog war ein deutliches Furzgeräusch zu hören. Ich bewegte ich noch ein paar Mal in ihrer Möse hin und her. Ganz langsam zog ich ihr ihn wieder raus, dabei zuckte und stöhnte sie noch weiteres Mal. Meine letzten Tropfen Sperma liefen aus ihrem Poloch. Ich kniete mich hinter sie und schleckte ihr den Samen ab. So ein Analcreampie mit der Mutter des besten Freundes war auch für mich etwas ganz besonders.

Die Taxifahrt

Meine Frau und ich sind jetzt seit über 10 Jahren zusammen. Wir führen eine gute und offene Beziehung. Jeder toleriert die Macken des anderen und regt sich nicht darüber auf. Im Laufe der Zeit haben wir uns einen gewissen Standard angeeignet, wohnen in einem schönen Haus, fahren tolle Autos und können uns auch zweimal im Jahr einen Urlaub leisten. Alles ist super. Außer beim Sex.

Beim Sex sind wie eher zurückhaltend und schüchtern. Sex macht uns beiden Spaß. Aber keiner von uns beiden redet über seine Träume. Der Geschlechtsakt ist bei uns immer ähnlich und fast schon routiniert. Ohne echte Lust und Leidenschaft. Aber das sollte sich per Zufall ändern. Wir waren gemeinsam auf einem Geburtstag und tranken dort reichlich Wein und Schnäpse. Als es Zeit war nach Hause zu fahren bestellten wir uns ein Taxi.

Vom Alkohol enthemmt sprach ich meine Frau auf unser fades Sexleben an. Sie gestand mir ebenfalls unzufrieden zu sein. Ich fragte sie nach ihren Wünschen und Ideen unser Sexleben aufzupeppen. Ich sah in ihren Augen eine gewisse Unsicherheit, doch nach einem kurzen Zögern gestand sie mir, gerne mal mit einem anderen Mann, gerne einen völligen Fremden zu ficken. Sie sprach die Worte aus und fixierte mich fest mit ihren Augen. Zunächst musste ich anhand solch einer Offenbarung schlucken. Doch im Grunde spielte sie damit meiner eigenen Fantasie voll in die Karten.

Für mich war es schon immer eine geheime Sexfantasie, meiner Frau mit einem anderen Kerl zu sehen und mir dabei einen zu wichsen. Ich sah sie verständnisvoll an und sagte ihr das wir das gerne mal, oder besser noch sofort in die Tat umsetzen könnten. Wieder war ein funkeln in ihren Augen zu sehen. Ich blickte in Richtung unseres jungen Taxifahrers und nickte ihr kaum sichtbar zu. Sie verstand meine Idee und musterte den Fahrer von hinten. Sie gab mir zu verstehen, dass es für sie auch okay wäre.

Ich sprach den Taxifahrer an und sagte ihm das wir das Ziel ändern müssen und dirigierte uns auf einen verlassenen Parkplatz einer großen Firma bei uns in der Nähe. Als wir dort ankamen stiegen wir aus und baten ihm das gleiche zu machen. Er verstand nicht gleich was wir mit ihm vorhatten. Er stand vor uns, starrte unwissend zu uns und war sichtlich verunsichert. Erst als meine Frau vor ihm das kurze Cocktailkleid nach oben schob und er einen Blick auf ihre darunterliegende Strumpfhose und ihre blanke Pussy werfen konnte verstand er augenblicklich. Sein Gesichtsausdruck veränderte sich schlagartig und man sah ihm seine Lust an. Meine Frau trat näher an ihn heran und ging vor ihm auf die Knie.

Sie öffnete ihm den Gürtel, knöpfte ihm die Hose auf und holte sein Penis heraus. Mit den Fingern hielt sie seinen schlaffen Penis in der Hand und führte ihn zu ihren Lippen. Entschlossen nahm sie ihn in den Mund und ich konnte sehen wie rasch sein Penis anschwoll und meine Frau immer gieriger daran sauge. Immer wieder nahm sie seinen Penis bis zum Anschlag in den Mund und wichste ihn dabei. Auch seine Eier leckte meine geile Ehefrau mit der Zunge. Sowas hatte sie bei mir noch nie getan. Auch kannte ich diese gnadenlose Lust nicht von ihr.

Doch statt eifersüchtig oder gekränkt zu sein, machte mich die Situation an. Ich spürte wie auch mein Pimmel in der Hose härter wurde. Der Platz in meiner Shorts wurde von Sekunde zu Sekunde weniger. Das Kribbeln in meinen Hoden verstärkte sich und ich war geil wie schon lange nicht mehr. Ich griff mir in die Hosentasche und befühlte meinen eigenen Penis.

Währenddessen lutschte meine Frau weiter an dem fremden Penis. Der Taxifahrer lehnte sich mit dem Rücken lässig gegen sein Fahrzeug und lies meine Frau machen. Er genoß sichtlich den plötzlichen Blowjob. Seiner Verwirrtheit war die pure Geilheit gefolgt. Er legt seine Hände auf ihren Kopf und drückte sie näher an sich ran. Meine Frau musste nun seinen dicken Penis bis zum Anschlag aufnehmen und musste dabei sogar leicht würgen.

Nach einer Weile zerrte der Taxifahrer sie nach oben und drehte sie so, dass sie nun gegen das Taxi lehnte. Ihr Oberkörper lag auf der Motorhaube des Mercedes und ihr Arsch ragte verführerisch nach oben. Der Mann riss ihr kompromisslos ein Loch in ihre Strumpfhose und fing sofort an ihr vor Lust glänzendes Fötzchen zu befummeln. Er stieß gierig mit seinen Fingern in ihr Loch und ich konnte hören wie es vor Nässe nur so schmatzte.

Meine geile Ehefrau begann augenblicklich an zu stöhnen. Er drückte ihr immer schneller und tiefer seine Finger in die Möse und ihr Keuchen wurde immer lauter. Ihr Körper wand sich hin und her. Ich merkte das ihr erster Orgasmus nicht mehr lange dauern würde. Der Fremde war so frech, das er meiner Frau sogar ohne Vorwarnung den Daumen ins Poloch schob. Das war für sie eigentlich ein absolutes Tabuthema. Doch heute brach sie damit. In dem Augenblick, indem sie den Daumen im Arsch hatte kam meine Frau mit einem lauten Schrei zu Orgasmus. Sie schrie ihre Lust in den Nachthimmel, ihr Becken zuckte unkontrolliert hin und her.

Der Mann bewegte noch immer seine Finger rasant in ihren Löchern hin und her. Erst als das Zucken verebbt war verringerte er sein Tempo und zog seine Hand langsam zurück. Ein schmatzendes Geräusch war zu hören und die Pussy meiner Frau schloss sich wieder. Seine Hand war voll mit dem Pussysaft meiner Frau und er hob ihr die Hand direkt vor den Mund. Gierig leckte sie ihm die Finger sauber. Sogar den Daumen der vor wenigen Momenten noch in ihrer Rosette war.

Ich beobachtete die Szene voller Faszination. Meine Hand umklammerte eisern meinen Penis und ich wichste voller Lust und ganz ungeniert. Mich machte der Anblick meiner völlig enthemmten Frau wahnsinnig scharf. Genauso hatte ich mir das in meiner Fantasie immer vorgestellt. Ich war gespannt was nun noch passieren würde.

Der steife Penis des Taxifahrers schaute noch frech aus seiner Hose heraus. Er drückte mit der einen Hand den Oberkörper meiner Ehefrau zurück auf die Motorhaube und mit der anderen dirigierte er seinen Penis in Richtung der Möse meiner Frau. Sie drückte ihm ihr Becken lustvoll entgegen. Ich konnte sehen wie er seine Eichel zwischen ihre Schamlippen schob und seinen Penis rauf und runter bewegte. Dabei strich er auch immer wieder über den Kitzler meiner Frau. Wieder begann sie zu keuchen.

Auf einmal, mit einem kräftigen und harten Stoß war er in ihr. Wieder ein spitzer Schrei meiner Frau. Dann fing er an sie zu ficken. Hart und unbarmherzig schob er ihr seinen Penis bis zum Anschlag ins Fickloch und wieder hinaus. Die Augen meiner Frau waren völlig verdreht, sie hechelte wie ein Hund und ihre Möse schmatze geil vor sich hin. Der zweite Höhepunkt stand kurz davor. Doch bevor es soweit war, zog der Mann seinen Penis aus ihrem Loch und schob in genauso hart und schnell in ihren Hintereingang.

Ohne Schwierigkeiten glitt der Pimmel in ihren Arsch. Mit dem gleichen Tempo wie zuvor in ihrer Pussy, fickte er sich anal. Sie keuchte:"Jaaaaa, fick mich weiter in den Arsch... Du geiler Hengst. Besorg es meinem kleinem Poloch"! Es dauerte nur wenige Augenblicke und der Orgasmus meiner Frau war da. Sie schrie vor Lust, schlug mit der Handfläche auf die Motorhaube. Es dauerte eine kleine Ewigkeit bis sich ihr Körper wieder beruhigt hatte. Bis zum Schluss steckte der fremde Penis im Poloch meiner Frau.

Dann zog er seinen Riemen hinaus. Sein Penis war glänzend vor Pussysaft und seinem eigenen Saft. Wieder ging meine Frau vor ihm auf die Knie und machte ihren Mund ganz weit auf. Der Typ hob seinen Penis direkt über sie und wichste seinen Penis. Nach wenigen Bewegungen kamen die ersten Schübe Spermas heraus geschossen. Ein Teil seines Samens tropfte sofort in ihren Mund. Mit dem Rest traf er sie im Gesicht und ein extrem kräftiger Schwall Sperma spritze er ihr ins Haar. Ihr Makeup vermischte sich mit seinem Saft und sie sah einfach nur geil aus.

Jetzt hielt ich es selbst nicht mehr aus. Ich stellte mich neben sie, sie blickte mich von unten an und öffnete auch für mich ihren Mund. Nach wenigen Sekunden schoss es auch aus mir heraus. Ich ergoss mich in einem Megastrahl in ihren Mund und auch ich wichste ihr ein Teil ins Gesicht. Es war wohl die größte Menge Sperma die ich je bei mir gesehen hatte. Und es war ebenfalls das erste Mal, das ich meiner Frau ins Gesicht und in den Mund gespritzt hatte. Für uns beide waren das die erotischsten Momente in unserem Leben und der Beginn einer neuen Leidenschaft in unserer Ehe. Seit diesem Tag treiben wir es hemmungslos miteinander und auch mit anderen.

Besuch von einem Unbekannten

... nervös und zitternd steh ich im Wohnzimmer, in Ketten gefesselt welche an der Decke befestigt sind. Mein Mann hat mich angekettet und mir die Augen verbunden. Ich trage lediglich ein kurzes schwarzes Kleid und nichts darunter. Jeden Moment klingelt es an der Tür. Dann kommst du und ich habe keine Ahnung, wer du bist. Ich bin gespannt, wen mein Mann für mich ausgesucht hat. Er sitzt noch auf der Couch, nimmt einen Schluck von seinem Wein und plötzlich ist es soweit. Die Türklingel schallt durch die Wohnung. Mein Mann öffnet dir die Tür. Ich höre deine Schritte die Treppe hinauf. Ihr begrüßt euch. Mir gefällt deine tiefe und angenehme Stimme. Ihr Klang lässt mich schon feucht werden.

Du kommst herein und ich höre, wie sich die Tür hinter dir schließt. Mein Herz rast wie verrückt. Du begrüßt mich mit einem Küsschen auf die Wange. Deine Hand liegt dabei auf meiner Hüfte. Was mache ich hier eigentlich. Ein wildfremder Mann, den ich nicht einmal sehen kann fasst mich an? Und wird gleich noch einiges mehr mit mir anstellen? Ich verfluche meine Augenbinde und meinen Mut. Aber mein Körper verrät mich. Ich will das hier. Unbedingt!

Du lässt von mir ab und ihr setzt euch auf die Couch. Mein Mann schenkt dir ein Glas Wein ein.

Ihr stoßt mit den Worten „Auf einen geilen Abend"
an und ich höre die Gläser klirren. Es vergehen
noch einige Minuten, und ihr unterhaltet euch
über das Wetter, die Fahrt, den Job, Gott und die
Welt.

Plötzlich ist es ruhig. Du stehst auf und kommst
auf mich zu. Ich merke, wie die Spannung steigt.
Du stehst direkt vor mir. Ich kann dich nicht
sehen, doch ich spüre es. Du küsst meinen Hals
und dein heißer Atem lässt mich verrückt werden.
Ich stöhne leise auf und zeige dir, dass es mir
gefällt. Meine Nippel stehen bereits hart nach
oben. Langsam streifst du mein Kleid nach oben,
bis meine kleine Pussy zu sehen ist. Du streichelst
meine Brüste und deine Hand wandert nach
unten. Deine Finger spielen mit meinem Kitzler.
Du merkst, wie feucht ich bin und steckst mir
deinen Finger rein. Ich stöhne laut auf. Ich will
mehr.

Du fragst mich, ob du mich losmachen sollst. Ich
nicke. Du löst meine Fesseln und führst mich zur
Couch. Die Augenbinde behalte ich an. Mein Mann
will es so. Auf der Couch angekommen, streifst du
mir mein Kleid weiter nach oben und ziehst es mir
aus. Nun liege ich vor dir. Nackt, blind, hilflos
ausgeliefert.
Du legst deinen Kopf zwischen meine weit
gespreizten Schenkel und liebkost meine Pussy
mit deiner Zunge. Oh Gott, ich steh so drauf! Ich

stöhne und fahre mit meinen Händen durch deine Haare. Deine Hände streicheln sanft meine Haut, massieren meine Brüste und spielen mit meinen Nippeln. Du lässt von mir ab, greifst grob meinen Hintern, meine Hüfte, ziehst mich zu dir und beugst dich über mich. Du küsst so gut. Fordernd presse ich mein Becken gegen deinen Unterleib. Meine Knie zittern und ich will, dass du mich endlich nimmst. Dabei spüre ich deine Männlichkeit durch die Hose.

Doch noch ist es nicht so weit. Deine Finger dringen etwas in mich ein. Ich halte es kaum noch aus vor Lust. Deine Finger riechen nach mir und ich möchte so gern daran saugen. Den Gefallen tust du mir nicht. Stattdessen nimmst du einen Finger und massierst mir den Kitzler. Die Berührung kommt völlig unerwartet und lässt mich stöhnen. Weitere Finger dringen in meine nasse Pussy ein. Erst einer, dann ein zweiter und schließlich sind es drei.

Ich genieße deine Finger in meiner Möse. Ich kann das schmatzende Geräusch hören, das sie machen. Gierig hebe ich mein Becken an und du dringst tiefer in mich ein. Ich bin schrecklich geil. Bevor ich meinen ersten Orgasmus habe hörst du auf.

Einen Augenblick später kniest du neben mir auf dem Sofa. Die harte Spitze deines Riesen streift mich im Gesicht. Ich nehme deinen Geruch war. Du riechst angenehm männlich. Instinktiv öffne ich meine Lippen. Du verstehst den Hinweis.

Du schiebst mir deinen Penis in den Mund. Er ist lang und dick. Genau wie ich es mag. Obwohl ich eine leidenschaftliche Bläserin bin, habe ich Schwierigkeiten deinen Pimmel ganz in den Mund zu nehmen. Langsam aber bestimmenden dringst du tiefer ein. Meine Lippen schließen sich ganz fest um deinen Schaft.

Du schmeckst so gut. Erste Lusttropfen dringen nach oben. Ich mag den salzigen Geschmack. Gierig lecke ich dir die Eichel sauber. Du legst deine Hände um meinen Kopf und hältst mich so fest. Mit kräftigen Stößen fickst du mich in den Mund. Ich lasse mich gerne von dir benutzen.

Dann ist es ist soweit; die magischen 3 Worte: „Fick Sie jetzt!"

Das lässt du dir nicht zweimal sagen. Du stehst auf und ich höre, wie du deine Hose ausziehst...

Du kniest dich vor mich. Mit meinen Fingern ziehe ich meine Schamlippen weit auseinander und biete dir einen perfekten Blick auf meine nasse Muschi. Einen Moment später spüre ich etwas Hartes. Es ist deine Eichel. Du streichelst mir damit über meinen Lustknopf. Das macht mich nur noch geiler.

Du beugst dich über mich und küsst meine Brüste. Dabei senkst du dein Becken und dein Penis dringt wenige Zentimeter in mich ein. Genau das brauche ich jetzt. Ich lege meine Hände auf deinen Rücken und drücke dich fester an mich. Mit einem Rutsch verschwindet dein Penis ganz in meinem Loch. Mir bleibt einen Augenblick der Atem weg.

Du küsst mich auf den Mund und beginnst mich zu ficken. Deine Stöße sind anfangs noch ganz sanft. Doch mit jeder Bewegung werden sie intensiver und härter. Ich kann mein Stöhnen nicht mehr unterdrücken. Dein Becken prallt mit voller Wucht gegen meinen Unterleib und du dringst fast bis zu meiner Gebärmutter vor. Es ist ein geiles Gefühl.

Ich kralle dir vor Lust die Fingernägel in den Rücken. Du fickst mich mit aller Kraft. Ich spüre wie deine Hoden gegen meine Pobacken klatschen. Du hast eine bemerkenswerte Ausdauer. Immer schneller bekomme ich deinen Penis zu spüren. Von der Lust getrieben massiere ich mir dabei den Kitzler.

Es dauert nur einen Moment. Ich kann das kribbeln bereits fühlen. Wie eine riesige Welle nährt sich mein Orgasmus. Ich kann mich nicht mehr zurück halten. Mit einem lauten Schrei kommt es mir. Der Höhepunkt ist so atemberaubend. Mir ist schwindlig und die Knie zittern.

Dein Penis steckt noch komplett in mir. Du ziehst in ganz aus mir hinaus. Deine Eichel liegt auf meinem Kitzler. Ich merke wie du ihn noch kurz selbst wichst. Dann spüre ich dein warmes Sperma wie es auf und in meine Möse spritzt. Du nimmst deinen Penis und verreibst mir deinen Samen auf der Pussy.

Aus Richtung des Sessels höre ich meinen Mann applaudieren. Er klatscht kräftig in die Hände. Das Geräusch kommt näher. Er setzt sich neben meinen Kopf. Ich bin mir nicht sicher ob er dabei seinen Penis wichst oder nicht. Doch die Frage bekomme ich beantwortet. Während ich darüber nachdenke spritzen mir bereits die ersten Tropfen seines Spermas ins Gesicht. Ich kann es nicht sehen. Aber es fühlt sich an, als würde er mich mit einer riesen Ladung vollspritzen.

IMPRESSUM

Sex ist für alle da! Sexgeschichten aus dem wahren Leben.
von Sylvia Penis

ISBN 9783741271953

© Sylvia Penis
Alle Rechte vorbehalten.

Autor: Sylvia Penis
Kontaktdaten: buecher.ab.18@gmx.de

Bereits als Ebook erschienen

Sexgeschichten: Porno für deinen Kopf
15. Dezember 2015

von Sylvia Schwanz

Cuckold & Wifesharing: Die geheimen Sexfantasien von Paaren
26. Februar 2016

von Sylvia Schwanz

Lust auf heißen Analsex!: Sexgeschichten für anale Liebhaber
14. März 2016

von Sylvia Schwanz

Die Lust an der Untreue: Sexgeschichten. Frauen und Männer beim fremdgehen!
3. April 2016

von Sylvia Schwanz

Lass uns zusammen Sex haben: Frauen und Männer erzählen Ihre intimen Sexgeschichten
25. Mai 2016

von Sylvia Schwanz

Alte Frauen stehen auf jüngere Männer: Mit über 60 Jahren geht es richtig los
2. Juni 2016

von Sylvia Schwanz

FEMDOM - Sexgeschichten über dominante Frauen und devote Männer
12. Juni 2016

von Sylvia Schwanz

Sexgeschichten: Du willst es doch auch!
24. Juni 2016

von Sylvia Schwanz

Herstellung und Verlag:
BoD - Books on Demand, Norderstedt
ISBN 978-3-7412-7195-3